JN100383

W I N G S • N O V E L

続・金星特急
竜血の娘③

嬉野 君
Kimi URESHINO

新書館ウィングス文庫

S H I N S H O K A N

続・金星特急　竜血の娘③

目次

第五話・大地を跳べよ鉄の馬……7
第六話・百合と薔薇の少女……155
魔女の花婿……289
あとがき……302

「竜血の娘」STORY

8歳の時に不思議な力が発現した桜は、母親である女神・金星に犬蛇の島へと隠され七百年かけて育てられた。当時出現しつつあった老いない人々——のちの蒼眼に対抗する力をつけるためだった。百年に1歳ずつ年を取り15歳になったある日、砂鉄と三月が迎えにくる。彼らと共に島を出た桜は、金星に力を貸すため眠っている砂鉄の恋人ユースタス、三月の相棒の夏草、桜の父親の錆丸を探す旅に出る。最初に目覚めたユースタスは砂鉄の記憶を失っていたが、彼女の“銀魚”の力により夏草の眠る方角が判明。候補地だった彼の母親の墓に向かう途上の東欧で見つかり再会する。そこは三月の故郷かもしれない土地だった。世界を旅する中で、桜は人類を守るには文明の衰退を止めることが重要だと学ぶ。

CHARACTERS

桜〈さくら〉

金星と錆丸の娘。15歳。

絶海の孤島で育ち、やや世間知らず。8歳以前の記憶がない。蒼眼を無効化する力を持つ。

〈さんがつ〉三月

錆丸の義兄弟で桜の守護者。桜を溺愛している。優男風の外見ながら切れると危険。刺されても死なない体を持つ。

砂鉄〈さてつ〉

錆丸のかつての旅の仲間で桜の守護者。三月同様、刺されても死なない体の持ち主。隻眼。口が悪くて腕が立つ。

ユースタス

砂鉄の恋人で桜の守護者だが、砂鉄のことだけ忘れている。元騎士。大喰らいで天然。金星から与えられた“銀魚”の力で人を惑わすことができる。

夏草〈なつくさ〉

三月の相棒で桜の守護者。七百年の眠りから覚めたばかり。寡黙。本が好きで料理が得意。

〈みつばち〉蜜蜂

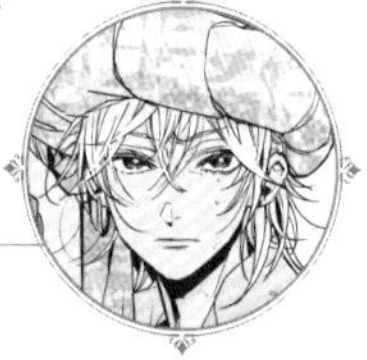

砂鉄と三月に雇われた通訳兼売買仲介人。17歳。
実は蒼眼の一族で、ある目的を持って桜に近付き、旅に同行している。

アルちゃん

桜のペットの蜥蜴。金星特急の旅で命を落とした言語学者・アルベルト王子の魂が憑依している。饒舌で博識。

サボルチ伯爵夫人――トランシルヴァニア公国の地方領主夫人。盲目で蒼眼を擬態している。活版印刷の復活を目論み、文明の衰退を止めようとする桜たちに協力。

錆丸〈さびまる〉――桜の父親。金星特急の旅の末に金星と結ばれる。

金星〈きんせい〉――桜の母親。絶世の美女にして万能で無慈悲な女神。

伊織〈いおり〉――錆丸の父親違いの兄。桜の伯父で守護者。二百年前から音信不通。

KEYWORD

【犬蛇の島】桜が育った絶海の孤島で、女の罪人の流刑地。桜の教育係として金星の友人やその子孫がひそかに送られていた。
【金星特急】金星の花婿候補を運ぶ特別列車。終点で待つ金星の元にたどり着き、花婿に選ばれればこの世の栄華は思いのままと言われていた。
【月氏(げっし)】砂鉄、三月、夏草が属していた傭兵集団。
【蒼眼(そうがん)】人の心を操る能力を持つ一族。特徴は真っ青な眼球。短命だが容姿・頭脳・身体能力に優れ選民意識が強い。
【獣の御前(けもののごぜん)】獣のかぶり物をした小さい人々。欧州中を自由に行き来し、縁起のいい存在として民衆の信仰の対象となっている。

(詳しくはこちら!) ウィングス文庫「金星特急」全7巻、「金星特急・外伝」、
「金星特急・番外篇 花を追う旅」、「続・金星特急　竜血の娘①〜②」大好評発売中!!

イラストレーション◆高山しのぶ

第五話

◆

大地を跳《と》べよ鉄の馬

「戦況は」

夏草《なつくさ》が菜の花畑で目覚めて周囲にまず尋ねたのは、それだった。

七百年の眠りを経《へ》て、相棒の三月《さんがつ》や十五歳に成長した桜《さくら》、砂鉄《さてつ》、ユースタスの姿を確認した後、見知らぬ人物である蜜蜂《みつばち》を見つめつつの発言だ。声を殺して泣く三月の背をあやすようにポンポン叩きながらも、声は淡々としている。

さすがだな、と砂鉄は思った。

樹木として世紀を経た夏草は、桜の力によって人間に戻るなり、自分の前に立つ仲間たちの位置、周囲の地形、太陽の角度などを瞬時に見定めた。そして感動の再会に目を潤《うる》ませている桜と他の人物たちとの距離を計算しながら、そう発言したのだ。自分が彼女をとっさにかばえる距離にいると判断したが上で、さらなる情報を求めている。

砂鉄は自分の左目を軽く指さした後、手のひらを水平に下に向けた。月氏《げっし》の時に使っていたハンドサインで、「現状問題なし、警戒は怠《おこた》るな」の意だ。

夏草はそれで、初対面の蜜蜂が敵ではないこと、砂鉄、三月、ユースタスともに戦える状態であることを悟《さと》ったようだ。だがさすがに、桜の髪に留まる蜥蜴《とかげ》が何者かまでは知り得ないだろう。

「おい」

夏草は三月の背をなだめるよう撫でつつ、トントンと指でつついた。

すると三月はグズグズと鼻を鳴らしながらも、懐《ふところ》から地図を取りだして夏草に渡す。夏草は「邪魔」と言いつつ三月の両腕から自分の右腕を抜き、地図を広げた。

七百年ぶりに見る白鎖《はくさ》ツートップの姿に、砂鉄は懐かしみを覚えた。一言もかわさなくても「地図をよこせ」が通じるのは、さすが長年組んできた相棒だ。

「現在地点」

夏草が言うと、三月は無言で地図の一点を指さした。夏草が再びぐるりと地形を見回し、地形の再確認をしている。おそらく緯度《いど》経度《けいど》と太陽の高さを見比べ、現在時刻も概《おおむ》ね把握出来ているだろう。

すると、それまで呆然と黙り込んでいた蜜蜂がボソッと言った。

「……樹が……人間になった……」

驚愕で瞬《まばた》きさえ出来ない彼に、桜が目尻を指で拭《ぬぐ》いながら言う。

「夏草さん、っていうんだよ」

彼女は無邪気にそう説明したが、目下《もっか》のところ問題は、夏草が人間に戻る瞬間を蜜蜂が目《ま》の当たりにしてしまったことだ。

これまではユースタスの能力を少しばかり目撃されたところで、桜が全て「魔法」で押し通してきたらしい。実際、科学の衰退《すいたい》したこの時代では魔術も呪いも実在すると信じられているし、あの年齢にしてはやたらと気が利く蜜蜂でさえ、超自然的な現象をごく当たり前にとらえている。

だが、桜に「蒼眼《そうがん》を普通の人間にする能力がある」ことに加えて「樹になった人間を蘇《よみがえ》らせることが出来る」のを知られたのはまずい。

まだ、世界のどこかに錆丸《さびまる》が眠っている。

蜜蜂の口から桜の不可思議な力が漏れれば、錆丸の樹を狙おうとする蒼眼も出てくるかもしれない。

手っ取り早いのは蜜蜂を殺すことだ。

事故死にでも見せかけるのが楽だが、桜はごまかせてもユースタスがすぐに気づくだろう。たった十七の少年を旅に同行させたあげく用済みとなれば始末するなど、信仰に厚い彼女が許すはずもない。

(めんどくせえな)

だが、その面倒臭い女に心底惚れてしまったのは砂鉄なのだ。

七百年待ち続けた彼女に忘れられていたのがショックでないと言えば嘘になる。

だが、無事に蘇ってくれた。

記憶以外は何もなくさず、あの微笑《ほほえ》みも優しさも昔のままで。

大型犬を扱う手つきで三月の背を軽く叩いていた夏草は、砂鉄へと顔を向けた。

「この地域に拠点は」

「ある。貴族の女の城だ」

「貴族？」

「俺たちと協力関係にある父娘《おやこ》がいる。信頼はしてもいいだろう」

「分かった」

すでに地図は頭にたたき込んだのか、畳《たた》んで懐にしまうと、夏草はユースタスへと目を向けた。黙ってうなずいて見せる。これが、この無口な男の七百年ぶりのご挨拶《あいさつ》だ。

ユースタスも微笑み、胸に手を当てて軽く礼をした。

そのとたん、彼女の腹が盛大に鳴った。静かな菜の花畑に猛獣のうなり声のような音が響き渡る。

じわ、じわ、とユースタスの頬が赤くなっていった。

おそらく彼女は、夏草の顔を見たとたんにこれまで作ってもらった料理の数々を思い出したのだ。そして脊髄《せきずい》反射で腹を鳴らした。

咳払《せきばら》いでごまかそうとするユースタスに、夏草は「相変わらずだな」という目を向けただけで、自分を凝視《ぎょうし》する蜜蜂へと視線を移した。

蜜蜂はまだ樹が人間に変身した驚きから醒《さ》めやることが出来ないらしく、口をぽかんと開けて夏草を見つめていたが、おもむろに夏草の樹が生えていた地面にしゃがみ込んだ。根が埋まっていたはずの土はどうなっているのか確かめている。

さらには、おそるおそる夏草に近づくと、珍しく遠慮がちな口調で聞いた。

「あの、本物の人間？　触ってみてもいいすか？」

夏草が人間かどうかすら疑っている様子で、樹木の精霊なのか、はたまた幻覚を見せる魔物なのかとでも考えているようだ。

「……？」

蜜蜂の要求に、夏草は何度か瞬きをした。無言でじっと見つめ返している。人見知りなのは相変わらずで、初対面の少年からの不躾《ぶしつけ》な頼みに困惑しているようだ。

「えと、手のひらとかでいいんで」

手を開いて見せられると、夏草はようやく小さくうなずき、黙って自分の手を差し出した。

蜜蜂は真剣な顔で夏草の皮膚をそっとつつき、目をのぞき込み、髪の質感までこわごわと確かめている。

「……お兄さん、普通の人間に見える。立ってた樹は幻灯機《げんとうき》とかで見せた偽物だとして、一瞬ですり替わって変身したように見せかけて……」

ブツブツと呟く蜜蜂に、アルちゃんがほがらかに言った。

「良いですね、安易に超自然的現象を信じようとせずに自分の目さえ疑ってかかる。合理的精神は科学の最も大事な友人ですよ、蜜蜂くん」

その声に夏草は目を見開いた。

桜の髪に留まる蜥蜴がパクパク口を開いているのは見える。声もそちらの方角から聞こえる。だが、まさか爬虫類《はちゅうるい》がしゃべっているとは信じられないだろう。

「その蜥蜴は、もしかして」

「そうです、桜さんのペットであったアルちゃんにして、言語学者のアルベルトです。ご無沙汰しておりました、白の一鎖《いっさ》」

明朗快活《めいろうかいかつ》に言い放った蜥蜴に、夏草の動きが停止した。

「――」

驚愕に目を見開く夏草など、そう滅多《めった》にお目にかかれるものではない。微動だにせず、瞬きを忘れたかのように蜥蜴を凝視している。

「まあ積もる話はいくらでもありますが、取りあえずは伯爵夫人の城に移動いたしましょうか。この辺りは日が落ちるのも早いですし、この菜の花畑を出てしまえば冷え込みますからね」

ペラペラ回る口でこの場を仕切り出す爬虫類に夏草はまだ驚きを隠せないようだったが、誰一人「しゃべる蜥蜴」に突っ込みを入れないことに気づき、そういうものだとして受け止めたらしい。半信半疑の顔ながら、アルベルトに向かってうなずいて見せる。

さて、無事に仲間も見つかったことだし城に戻るか、ということになったが、こほん、と咳払いしたユースタスがおずおずと提案した。

「その……城に戻る前にせっかく持ってきたピクニック弁当を食べませんか？」


感動の再会もユースタスの食欲には勝てず、菜の花畑で昼食をとることになった。

蜜蜂はまだ信じられない思いで、黙々《もくもく》とチーズを切り分ける夏草を見つめた。

秋なのに一面の菜の花畑、そこに立つ一本の樹。ユースタスの銀魚《ぎんぎょ》がその樹にゆらゆら近づくと、桜が三月に言った。


――起こすね。


そして桜が樹皮《じゅひ》に触れたとたん、それは人間の男となった。

桜があの時言った「起こす」とはどういう意味だ。あの樹は「眠っていた」のか。

三月が北極海沿岸のどこかに「相棒の夏草ちゃん」が「立っている」と言っていたのは、このことだったのか？

桜は眠っていた樹を人間に戻すことが出来る？

他にも樹になった人間がいる？

次々と疑問が浮かび、蜜蜂の食べる手は止まりがちだった。

もし、邪眼殺《じゃがん》しの娘が樹木から人間を作り出すことが出来るとしたら。

ならば、彼女は無尽蔵《むじんぞう》に兵士を生み出せる。彼女が蒼眼にとって唯一の天敵であるだけでなく、人間の勢力をも操れる存在だとしたら、想像していたより百倍は厄介《やっかい》だ。

あまりに不躾に夏草を眺めていたせいか、彼がチーズを切る手を止めて顔を上げた。無言で見つめられる。

「あ、すいませんっす、つい見ちゃって」

東方人はクセールの港街にもよく出入りしていたので見慣れているが、砂鉄や三月の第一印象と同じく、やはり出自《しゅつじ》がよく分からない。ごく普通の若い男に見えるのに、彼がどんな人物か外見から推測しがたいのだ。

蜜蜂はしつこくならないよう注意しながら、夏草にあれこれ話しかけた。自分はたった今、奇跡のような光景を見たばかりの人間だ。夏草に興味津々《しんしん》でも、砂鉄や三月、そして最も厄介なアルちゃんに不審がられることもないだろう。

だが、夏草は蜜蜂の質問にあまり答えてくれなかった。こちらの顔をじっと見ているので無視されているわけではないようだが、唐突に言われる。

「お前の言葉がよく分からない」

「え？」

「速いと聞き取れん。時々、単語も分からない」

「ああ。ごめん、世界語《シージエユー》苦手なんすか。えと、どこの言葉なら分かりやすい？　多分だけど、お兄さんってアクセントからすると古世界語《こ》？　あんまあっちの人の顔に見えねえけど」

蜜蜂がそう聞き返すと、その場が一瞬シン、と静まり返った。

全員が蜜蜂の顔を見ている。

（え。何これ）

戸惑っていると、桜の膝に乗っていたアルちゃんが朗《ほが》らかに尋ねた。

「蜜蜂くん、古世界語とはどの辺りで使われている言語ですか？」

「えと、ここより北方の湖沼《こしょう》地帯だけど、話す奴は少ねえよ。すんげえ昔の世界語の発音とか文法を頑《かたく》なに守り続けてるんだって。確か、七百年ぐらい」

そう答えると、それまで蜜蜂の顔を見ていた砂鉄、三月、ユースタスが再び食事の手を動かし出した。何事も無かったかのようだ。

その奇妙な瞬間はそれで終わったが、それ以上、夏草は何も話してくれなかった。

（古世界語が何かまずかったのかな。この夏草って兄さん、出身地とかに触れんのタブーか？）

そう言えば、ルド船長の船で砂鉄と三月、桜とアルちゃんが何やら密談していた時、「七百年」

という単語が聞こえてきた。古世界語に関する話だったのだろうか。

だがそれ以上は夏草に構わないことにして、蜜蜂は桜やユースタスとおしゃべりをした。彼の出自はおそらく桜やユースタスの不思議にも関わっている。あまり焦《あせ》って知ろうとしてはボロが出るから、少しずつだ。

一人増えた一行がぞろぞろと城に戻ると、門衛は新参者の夏草を気にする様子も無く、蜜蜂にひっそり囁いた。

「伯爵夫人が貴公《きこう》に植字ピンセットの件でご相談があるそうです。地下工場へいらして下さい」

「おけ、すぐ行くっす」

下層階級であろう門衛が気軽に領主からの伝言を預かるあたり、何て風通しのいい館《やかた》だと感心してしまう。大貴族になればなるほど「言葉を賜《たまわ》る」まで間に何人もの使用人を挟んで時間がかかるものなのに。

城の地下にある岩塩坑《がんえんこう》ではサボルチ伯爵夫人と熊御前《くまごぜん》ジャンの活版《かっぱん》印刷工場が密《ひそ》かに建設中で、蜜蜂は語学の才能を見込まれ、活字の開発に駆り出されている。積極的に参加しているのは、書物の復活に協力する三月に気に入られたいがためだ。

今は一応、語学の才のおかげで砂鉄や三月から使ってもらえるのだが、それもいつ用無しになるか分からない。何とかして自分の必要性をアピールしなければ。

（砂鉄の兄貴から借金取り立てるまで離れねえ、って宣言しちゃいるけど、金を返されたら終

わりだかんな）

砂鉄から買い手を探すよう指示されていたグラナダの街とアルハンブラ宮殿に興味を示す者が最近現れた。

この城の持ち主、サボルチ伯爵夫人その人だ。

彼女と父ジャンは最初、本を収集する三月を活版印刷の復活を目論《もくろ》む「仲間」だと思い接近を図《はか》ったらしい。そのためグラナダを買いたいと名乗りを上げ、城まで桜一行をおびき寄せた。

つまり、伯爵夫人は本当にグラナダを買う気は無かったが、活版印刷機の復元作業中にアルちゃんからアルハンブラ宮殿の素晴らしさを聞いて、興味を覚えたらしい。この時代にそれほど美しく完璧に保たれている城ならば、復活させた書籍の保存にも最適だろうと言うのだ。

本当は、砂鉄と伯爵夫人の取り引きを成立させたくはない。砂鉄にいつまでも借金を負わせていないと、旅から放り出されてしまうかもしれない。

条件の折り合いがつかないとか何とかごまかして、売り手と買い手のどちらかを引き下がらせたい。クセール一の売買仲介人《ばいばいちゅうかいにん》だった自分には簡単なことだ。

だが、蜜蜂には最近よく蜥蜴のアルちゃんが貼り付いている。

地下で活版印刷に関わる作業をする時は必ず呼んでくれと言われており、作業中はずっと蜜蜂の頭の上から手元をのぞき込んでくる。彼の助言が役に立つことも多い。

爬虫類のくせにやたらと頭の回転の速いアルちゃんから、蜜蜂が砂鉄と伯爵夫人の取り引きを成立させたくないと悟《さと》られるのはまずい。

だが今日は珍しく、アルちゃんはついてこなかった。蜜蜂が地下に行くときはすぐ桜からこちらに移動してくるのに。いい加減、活字を見るのも飽きたのだろうか。

まあいいや、と肩をすくめ、蜜蜂は作業着兼防寒具の上着を羽織《はお》った。薄く入った綿を刺《さ》し縫《ぬ》いで斜《なな》め格子《ごうし》に留めてあるので、軽い上に動きやすい。キルトという手芸品で、地下の冷えした岩塩坑で役に立つ。夜は氷点下になる内陸の砂漠の民などに売れないだろうか。

着替えを済ませ、蜜蜂は昨夜《ゆうべ》描き上げた新しい植字ピンセットのデザイン画を懐に入れた。

活字復活を目論む仲間である女子修道院でこれまで細々と使われていた植字ピンセットは、全て大人用だった。だが建設予定の地下工場では、伯爵夫人が世話する孤児たちを働かせることになっている。子どもの小さな手と力でも使いやすい道具が必要なのだ。

(単純な形だけど、金属にしなりが必要だ。腕の立つ職人が見つかればいいけど)

そう考えながら、蜜蜂が螺旋《らせん》の石段を下っていると、ふいに踊り場の丸窓に烏《からす》が留まった。

そして、彼がいた。

完璧な微笑みを浮かべてはいるが、感情は全く読めない。

ただ、蜜蜂は知っている。自分は彼に、ただの道具だと思われていることを。

彼は蜜蜂に孔雀《くじゃく》の羽根を一本差し出し、言った。

「邪眼殺しの娘を籠絡《ろうらく》しなさい」

東欧のこんな国にまで彼は蜜蜂を追ってきた。自分は、常に見張られているのだ。

蜜蜂は、わずかにうつむいた。

忠告されなくとも、自分は十分、桜を籠絡しろという意味が分かっている。

今のところ、蒼眼の一族に対抗しうる勢力は桜とその護衛たちだけだ。真っ先に桜を確保できれば、蒼眼同士の権力争いにおいて抜きん出て有利になれる。

だが、彼がわざわざこうして蜜蜂に念を押すのは、蜜蜂に裏切りの気配が見えないか、幼い頃から植え付けた彼に対する恐怖心がまだ有効か確認するためだ。

この男は抜かりが無い、隙も無い。

彼は誰の懐にでもするすると入っていける。常に浮かんだ微笑みに、老若男女が心を奪われる。

彼の目を見上げ、蜜蜂は言った。

「だけど、これからも旅に連れてってもらえるかどうか分かんねえ。奴らの旅の仲間を捜すまで通訳頼まれてたんだけど、予想外に早く見つかって……」

旅の半《なか》ばで夏草と合流した今、自分は明日にでも旅の仲間から放り出されるかもしれない。

それをボソボソと訴えたが、彼は言った。

「旅に同行したいなら、邪眼殺しの娘に恋をしているふりでもしたらどうです」

「えっ」

――恋？

この自分が、まだまだ幼いあの娘に？

「彼女をひそかに籠絡するのではなく、最初から公言するのですよ、僕は彼女を好いています、だから旅に連れて行って下さい、とね」

「……それは……」

可能ではある。

クセールで偶々《たまたま》会っただけの自分が、世界の果てまででも彼らの旅について行きたいと頼むならば、それなりの理由は必要だ。

恋。

最も単純にして明快、そして説得力もある。桜は世間知らずのガキんちょだが、顔だけは可愛い。十七歳の自分が十五歳の彼女に惚れたと宣言したところで、不自然ではないはずだ。まあ、三月に片耳を切り落とされかねないとは思うが。

蜜蜂は小さく息をついた。

恋するふりなど簡単だ。

寝ても覚めても彼女のことばかり考える。同じ空間にいるだけで限りない幸福感に包まれる。視線の一つも合おうものなら天にも昇る心地になる。

あの日々を、思い出せばいいだけのこと。

一行が城に戻り、砂鉄と三月が使っている衛兵室に夏草を案内すると、彼はまず自分の体の状態を確かめたいと言った。

「今のところ体調に変化は感じない。だが、腕が鈍《なま》っている可能性は高い」

だろうな、と砂鉄は思った。自分でも真っ先にそうする。

夏草は城の構造や兵の数よりもまず、自分が桜を守れるか、七百年後の世界でも以前と同じく戦えるかを確認したいはずだ。

それに彼は、戦えるかどうかのテストを部外者である蜜蜂には見られたくない。桜を守る守護者たちの戦闘力を、ただの通訳である少年にばらすわけにはいかない。テストするならこの部屋で、元月氏の三人だけで、だ。

「聞くが、この時代にも銃は現存するか」

「しないねー、技術も知識も失われてるし、ろくな火薬も無い」

「では戦闘の意識が根本的に違うわけだな。そのつもりでやる」

三月が軽く肩を回しながら言った。

「んじゃ、俺相手する？」

「ああ」

薄暗い部屋の真ん中で三月と夏草が対峙《たいじ》すると、砂鉄は石壁に寄りかかり、新しい煙草に火をつけた。

煙たなびく煙草を軽く持ち上げると、それが開始の合図だ。

三月の回し蹴《げ》りを紙一重《かみひとえ》でかわした夏草が入れようとした肘打《ひじう》ちは、パシッと払われた。目にも留まらぬ速さで戦う二人を、砂鉄は冷静に分析する。

三月は夏草より長いリーチが有利で、動きは不規則、ほぼ動物的な勘で戦っている。これは非常に読みづらいため、まともな訓練を受けた敵ほど厄介に感じるだろう。

反して夏草は無駄な動きは一切せず、抑制《よくせい》された最小限の戦い方だ。凄《すさ》まじいスピードのはずなのに、水面にさざ波一つ立てないのではと思わせる。

少なくとも開始十五秒のこの時点では、二人は対等に戦っているように見える。夏草も七百年の眠りから覚めたばかりとは思えない鋭さだ。

だが今、長年における戦場の相棒だった彼らを徹底的に分かつものがある。それはおそらく三十秒以内に効いてくる。

ふいに夏草が飛びすさって三月から距離を取ったが、宙で足首をとらえられた。グイッと引かれつつも夏草はとっさに懐からナイフを投げつけたが、それは三月に弾《はじ》かれることなく――手首に深々と突き刺さる。

夏草が目を見開いた瞬間、三月はナイフが突き刺さったままの手で彼の肩をつかんで床に押し倒した。膝では胸を押さえ込む。完全な制圧だ。

砂鉄は煙草を挟んだ手を軽く上げた。

「終了」

立ち上がった三月のナイフの刺さった手を、夏草はすかさず確認した。

血は流れていない。赤い粉がさらさらと皮膚の表面に散っている。

「よっ」

三月が呑気《のんき》なかけ声と共に手首からナイフを抜くと、夏草は信じられないという顔で相棒を見上げた。

「錆丸と同じ体か」

「そなのー。刺されたぐらいじゃ死なないけど、燃えます。めっちゃ燃えます」

三月がそう説明するかたわら、砂鉄は自分の人差し指にマッチで火をつけ実演して見せた。蠟燭《ろうそく》よりも明るく輝いた炎はすぐに布で覆《おお》って消したが、夏草は眉根を寄せて砂鉄と三月を見比べる。やがて彼は溜息と共に言った。

「了《りょう》。お前たちの体質は把握した」

「ま、慣れれば意外と便利なんだよ。そりゃ火事が一番怖いけどね。この服も防炎素材」

ほら、と三月が差し出した服の裾《すそ》を夏草は軽く引っ張った。そして、ナイフが刺さっていた箇所《かしょ》がすっかり元の皮膚に戻っているのをもう一度確かめると、淡々と言った。

「だが、俺が負けたのはお前のこの体のせいじゃない。七百年でずいぶんと経験値に差がついてしまった」

さすがに夏草だ、たった一戦で悟ったか。

総合的な戦闘力には、パワーやスピード、判断力、動体視力、柔軟性など様々な要素が絡《から》んでくる。

だが実力伯仲《はくちゅう》してくると、経験値が大きなものを言う。砂鉄と三月、そして伊織《いおり》も二百年前まではあちこち放浪しつつ戦ってきた。五十年ほど前に蒼眼が登場してからは、生死を賭《か》けた戦いになったことも多い。

だが砂鉄と三月は、瀕死《ひんし》になりながらも何とか蒼眼には勝ってきた。

正直、身体能力ではかなわないと思う蒼眼の軍人もいた。だが二十五歳ほどで死んでしまう彼らには圧倒的に経験値が足りなかった。どれほどの素早さで力があろうと、戦場における勘は一朝一夕《いっちょういっせき》に養われるものではない。数世紀も闘い続けてきた砂鉄と三月に、彼らはギリギリのところで及ばなかったのだ。

「だが」

夏草は腕を組み、わずかに眉をひそめていった。

「経験値云々《うんぬん》は抜きにして、俺はこいつに負けた自分に腹が立つ」

普段は表情に乏《とぼ》しい彼が、珍しく不機嫌そうに眉根を寄せている。あまり我《が》の強いタイプではないが、長年の相棒にあっさり制圧されたのはやはりプライドに関わるのだろう。

「悔しいのー？」

三月がヘラッと笑ってみせると、夏草はムッとして彼の腹に拳《こぶし》を容赦《ようしゃ》なく突き入れたが、すぐに気を取り直したように言った。

「砂鉄と三月は俺が知っている頃より戦闘力が上がっている上に刃物ぐらいでは死なんが、火には弱い。――ユースタスの銀魚の力は健在か」

「ああ、相変わらず強力だ。だが蒼眼の力と打ち消し合うらしく、対蒼眼の一対一じゃ役に立たねえ」

「……その蒼眼という奴らはユースタスと似たような力で人を操るんだな？　操られた人間をユースタスの銀魚で解除することは可能か」

「分からねえ。あいつはまだ、蒼眼に操られる軍勢と戦ったことはねえからな」

海賊船でグラナダに向かった時に襲われたが、蒼眼は司令官のみ、残りは全て操られた兵士だった。

もしあの時にユースタスがいて、しかも蒼眼に操られた兵士を正気に戻すことが出来ていたなら、戦いはずいぶんと楽になっていたのだろう。

「では、ユースタスの能力がどこまで使えるかは早急に確認する必要があるな。彼女はこちら

の陣営にとって重要な戦力だ」

「つっても、そう簡単にテストも出来ねえだろうけどな。まず蒼眼を一人とっ捕まえて、身動きできねえようにしたが上で、そいつに操られないよう最新の注意を払いながらの話だ」

しかも、実験の際に万が一にも砂鉄、三月、夏草の誰かが蒼眼の目にやられてしまった時のことも想定しなければならない。この三人のうち一人が操られただけなら他の二人で取り押さえられるが、二対一になってしまったらお互い殺し合い、ユースタスや桜も殺しての全滅コースだ。

「成長した桜は多少なりとも戦力になりそうか？　小学校の体育の成績は常に5だったし、駆けっこも速かったが」

夏草が言ったその言葉に、砂鉄はつい苦笑しそうになった。

彼が眠りにつく直前に見ていたのは八歳の桜で、学校に通い、友達と遊ぶのが日常の娘だった。

だが今この世界で、義務教育がまともに機能している国や地方がどれだけ残っていることだろう。体育、なんて単語も存在すら忘れていた。

「桜はねー、めっちゃ身が軽いし弓の腕もなかなか。筋力が無いから威力は大したことないけど、蒼眼に対しては唯一無二の力を発揮するし」

「確かに、よほどのことがねえ限りつきっきりで見守らなくても大丈夫だろうな。あれは自分の身は自分で守れるし、錆丸がガキだった時ほど甘ちゃんでもねえ」

女だらけの離島で育ったため常識がずれたところはあるのだが、桜はサバイバルには長《た》けている。

先進国だった日本育ちの錆丸は金星特急の旅に出るまで、自分で鳥や動物を殺して食べたり、真水《まみず》の確保に四苦八苦《しくはっく》した経験など無かっただろう。日常的に人が死ぬような環境も、想像さえしたことが無かったに違いない。

だが桜は過酷な環境の犬蛇《けんじゃ》の島で、生きるために七百年戦ってきた。わずかな真水のために争い、飛ぶ鳥や駆ける獣、すばしこい魚を捕らえてきた。

何人もの女が島に流されてきて、桜の目の前で死んでいっただろう。病や事故で、時には争いで。

桜と錆丸の決定的な差は、その死生観だ。

桜は、永遠に続く存在は無いと知っている。生きとし生けるものは全て死ぬ。もちろん人間も。この当たり前のことを体感として理解している。

犬蛇の島から脱出する時、桜は他の女たちも一緒でなければ嫌だと言った。

あれが錆丸だったら、彼の優しさや倫理観からの発言だ。反して桜は、優しい娘ではあるが教育で与えられた倫理などというものは無い。

桜はおそらく、弱い個体が集《つど》った場合、脱出人数が多い方が生存確率が上がることを本能で理解していた。

　自分が助かるためにおとりを用意しよう、などと考えたわけではないだろう。ただ、捕食される鳥や魚が常に群れとして行動し、強敵に襲われて数匹が犠牲になっても他の何百匹は生き残れる、そんな生存戦略を自然と選択しているだけだ。

　桜は無意識に、「人間」を守るのが当たり前だと思っているのだろう。

　蒼眼に対抗するために人類を云々、との壮大な使命に目覚めたとは思えない。ただ「自分」と「自分以外の人間」の区別が彼女は曖昧《あいまい》だ。

　人類全てが自分の子だから守りたいと言った金星《きんせい》。桜はその娘だ。

　他人に同情する錆丸ならば、頭ごなしに叱りつけ、尻を叩いて無慈悲な選択をさせることも可能だ。だが桜のように自分と他人の境界があやふやだと、それも難しい。極端に言えば、彼女にとって他人と自分は一蓮托生《いちれんたくしょう》だからだ。

　その時、木製の扉の隙間からするりと蜥蜴が入ってきた。

　壁をチョロチョロと伝って燭台《しょくだい》に上り、こちらの三人を見上げる。

「そろそろ月氏のお三方が密談を始める頃かと思いまして、爬虫類の身ながら馳《は》せ参じましたよ」

「……本当にアルベルト王子なのか」

　夏草がまだ半信半疑の顔で言うと、アルベルトは重々しくうなずいた。

「アルベルトだった時代の記憶も全てありますが、現在、僕は彼そのものとは呼べないでしょうね。さて夏草さん、手を出して頂けませんか。あなた方三人は僕にとっては巨大過ぎて、話しているだけで首が痛くなりそうです」

差し出された夏草の手に乗ったアルベルトはスルスルと腕を這い上がり、夏草の肩に落ち着いた。ふうっと溜息をつく。

「この部屋まで移動してくるのもなかなか大変でしたよ。石造りの建物は大層《たいそう》冷える上に、距離がありましてね」

「何でテメェがわざわざこっち来んだよ」

ユースタスはこの城では男に見せかけていないので、桜とともに天守閣《てんしゅかく》で寝起きしており、そこにアルベルトも加わっている。砂鉄はそれが何となく気にくわないのだが、最も日当たりの良い部屋なので、爬虫類にとっても気持ちが良いらしい。

また最近はよく蜜蜂にくっついて地下工場にも降りていた。常に桜か蜜蜂の側《そば》にいるのに、単独行動は初めて見る。

「有能な通訳にして金銭感覚も鋭い我らが会計係、蜜蜂くんの処遇を話し合うためですよ」

「――」

この蜥蜴はとっくに、砂鉄が蜜蜂のことを「手っ取り早く殺すには」と考えていたことに気づいていたらしい。

「三月さんも、蜜蜂くんが用無しとなれば殺すことに異存は無いでしょうが、桜さんに泣かれるのは嫌でしょうね」

「まーねー。でも『邪眼殺しの娘』について一番よく知ってる部外者はアイツなんだよね」

「夏草さんも目覚めたばかりとはいえ、事態はある程度把握しているでしょう。蜜蜂という少年は、桜さんが夏草さんを人間に戻す瞬間を目撃し、ユースタスの銀魚の力も知っています。さらに彼は、夏草さんの言葉の問題にも気がつきました」

さっき、夏草は「蜜蜂の言うことがよく分からない」と発言した。蜜蜂から最初に話しかけられた時も困惑していた。あれは人見知りではなく、何を言っているのかよく聞き取れなかったらしい。

古世界語はここより北方で話されているそうだが、七百年前まで世界の共通語だった世界語《シージエユー》のことだろう。

「ここより北方というからには、七百年前までポーランドと呼ばれていた地域でしょうね。世《シー》界語《ジエユー》での言語統一を強力に推《お》し進めた、純国語普及委員会の発祥地《はっしょうち》です」

アルベルトの説明によれば、人類は数千年にわたって様々な言語を使っていた。

だがそれを争いの元と考えた純国語普及委員会は、金星という女神の力を借りて世界語《シージエユー》による言語統一を成し遂《と》げた。昔は数多くの言語があった事実は徹底的に隠蔽《いんぺい》され、人々は「ことば」が一種類しか無いと思い込まされていた。

しかし言語学者だったアルベルトは、昔は千差万別《せんさばんべつ》の言語があったことを突き止めた。そして世界にごく少数、世界語《シージエユー》以外の言語を話す人々がいることも知り、その話者《わしゃ》だった夏草の協力も得ながら古い言語たちの再復活を目指していた。

アルベルトは金星特急の旅の果てに死んでしまったが、彼の遺志を継いだ学者たちの手で次々に古い言語が発掘され、世界で使用されるようになった。

七百年経《た》った今、世界統一言語だった世界語《シージエユー》は変化を遂げ、新たな「世界語」として商売や学問では共通語となっている。だが「古世界語」はポーランドだった地方のごく一部にしか残っていないらしい。

「つまり蜜蜂くんは、夏草さんが以前は世界中で話されていた古い言語の話者だと知ってしまったのです」

すると三月も夏草も不可解そうな顔になった。

「でも俺も最近の『世界語』話すけど、夏草ちゃんと話通じるよ?」

「それは三月さんも砂鉄さんも、夏草さんと話す時は無意識に古世界語の単語を織り交ぜているからですよ。アクセントもいわば『昔風』に戻っています」

それには砂鉄本人も気づかなかった。おそらく三月もだろう。

「あなた方と桜さんは七百年、世界語《シージエユー》の変化を耳にしているはずです。かつ、復活した様々な言語も聞いている。脳が多言語に対応しているので、相手の話す言語に自然と合わせているのです」

　ということは、いずれ蜜蜂は、砂鉄と三月も古世界語を解すると気づきかねないということか。

「今のところ蜜蜂くんは、桜さんや砂鉄さん、三月さんが無意識に言語を切り替えているのを不審には思っていないでしょう。多言語を操る自分がそうですから。しかし、あの少年は賢い。いつ真実にたどり着くことか」

　なるほど、どうしようもなくムカつく蜥蜴野郎ではあるが、その説明には納得した。学者の話とは理路整然としているものだ。

　だが、どうしても解《げ》せないことがある。

「じゃあ、ユースタスはどうなんだ。あいつはなぜ、最初から蜜蜂と話が通じていた。最近の世界語も普通に話してるぞ」

「僕だってこの世に蘇ってすぐ、桜さんや砂鉄さん、三月さんが話す現代世界語を理解しましたよ。元々女性の方が言語習得は早いと言われますし、ユースタスも自然と覚えたのではありませんか。銀魚の力かもしれませんし」

　その仮説にはかすかな違和感を覚えたが、ユースタスの言葉の謎より今は差し迫《せま》った議題がある。

「やっぱりあのガキは殺すべきだな」

砂鉄が煙を吐きながら言うと、三月もうなずいた。

「蜜蜂くんかわいそだけど、しゃーないね」

夏草だけは何も言わず、唇を引き結んでいた。無益《むえき》な殺生《せっしょう》を好まない彼は気が進まないだろうが、桜を守るためには万全《ばんぜん》を期したい。――何より、ユースタスの安全のためにも。

「桜とユースタスは天守閣だよね。蜜蜂、今どこいんの？」

「伯爵夫人に呼ばれて印刷工場に向かいましたよ。蜜蜂くんが植字ピンセットを改良したいとおっしゃっていたので」

アルベルトのその説明には、夏草が素早く反応した。

「印刷工場？　植字？」

「はい、この城の持ち主であるサボルチ伯爵夫人と、彼女のお父様であるジャンさんという方は、活版印刷工場を作ろうとされているのですよ」

すると夏草の目がかすかに輝いた。自分の肩に乗っていたアルベルトをわざわざ手のひらの上に移し、問いかける。

「活版印刷ということは、その父娘は印刷物を作りたいんだな。書籍か？」

「……あー、そのことだけど夏草ちゃん」

身を乗り出した夏草の肩に、三月が手を置いた。こほん、と一つ咳払いしてから、言いづらそうに続ける。

「ええと、人類の文明が衰退してくだろうってのは、夏草ちゃんも七百年前に聞いてたと思うけどね。俺たちが想像してたのと大分《だいぶ》違ってね」

「違う？」

「うん、金星が言ってた感じだと、人類の強烈な敵が出現して、戦って戦って荒廃《こうはい》した世界になる、みたいな終末《しゅうまつ》映画っぽいイメージだったじゃん。でも蒼眼って賢くて、急激にはそんなことしなかったの。まずは世界中のメディアを潰し、次は知識を伝える活版印刷に目をつけたんだよね」

「――――」

三月の話がどこへ向かっているか、夏草は気づいてしまったらしい。

少しずつ、少しずつ彼の目が大きくなっていく。

「蒼眼は本を集めて焼いたりとかはしなかったよ、本屋も図書館も襲撃されたりとか無かった。ただただ徹底的に、活版印刷が滅ぶよう仕向けた。新しい本が作られなくなって、世界からどんどん本が消えてって、識字率も極端に下がった。今、本はめっちゃ貴重品」

瞬きもせず夏草は三月を見つめていたが、やがてかすかに震える声で言った。

「じゃあ、本屋なんてのは」

「無いねー。どこにも」

夏草はそのまま、どれだけ固まっていただろう。

彼がこんな蒼白な顔になるのを砂鉄は初めて見たが、本が読めないと知った反応は想像できていた。さすがのおしゃべり蜥蜴も口を挟もうとせず、心配そうに夏草の顔を見上げている。

夏草が目を開けたまま気絶してるのではないかと砂鉄が危惧《きぐ》し始めた時、ようやく、彼は三月に言った。

「……え？」

本屋などどこにもない、という三月から与えられた情報を、たっぷり数分経ってから聞き返している。理解するのを脳が拒否しているのだろう。さすがに哀れになってきた。

三月が気を取り直したように言った。

「あ、でも俺、本集めてるから。昔の酸性紙《さんせいし》の本はすぐボロボロになっちゃったけど、ちゃんと加工して取ってるのもあるし、図書館ごと買い取ってまだ生き残ってるとこ、世界中にいくつかあるし」

「どこに。ここの隣の部屋か」

そんなことがあるはずないと分かっているだろうに、夏草にしてはずいぶんと馬鹿な希望を述《の》べだした。このまま背後にスーッと倒れ込みそうなほど、絶望的な顔になっている。

「えと、こっから一番近くて大きい図書館はサンクト・ペテルブルクかな」

昔はロシアと呼ばれていた辺りの、バルト海沿岸の都だ。

戦乱に次ぐ戦乱でかつての輝きは失っているが、あの緯度にして厳冬期《げんとうき》以外は凍らない良港《りょうこう》という位置的条件のおかげで、いまだ活気は残っている。

「俺、夏草ちゃんてお母さんのお墓で眠ってるって思ってたから、位置的にそんなに遠くない場所で本の管理が出来るぐらい都会、ってなると、あの街が最適で」

「なるほど、書籍の管理には温度が低い方がいいですものね。内海《ないかい》のおかげで湿度も比較的一定に保たれている街ですし」

アルベルトが慰《なぐさ》めの言葉を挟むと、三月も少し勢い込んでうなずいた。

「夏草ちゃん大好きだった『釣り人探偵シリーズ』全二十三巻、全部上質な紙で刷り直させて専用の保管庫に入れてるよ。十五年ぐらい前にチェックした時は虫食いも無くて綺麗だったから、すぐ読めると思う」

「――――」

とたんに夏草がガシッと三月に抱きつき、うろたえまくった声でモゴモゴ何か言った。礼を述べているようだが、文字通り言葉になっていない。今度は三月の方が夏草の背をポンポンと叩く番だった。

だが三月はふいに真面目な顔になり、ようやく希望が持ててきたらしい夏草と、彼の肩に再びチョロチョロ登ってきたアルベルトに言った。

「で、こっからは俺と砂鉄、伊織しか知らないことだけど、夏草ちゃんとアルちゃん、後でユースタスにも伝えるべきことがある」

「おや、何でしょう」

「実はサンクト・ペテルブルクの図書館に、鎖様《くさりさま》の論文を保存してるんだ」

――鎖様。

彼女は七百年前、砂鉄と三月、夏草が所属する傭兵《ようへい》組織のトップだった。

外見は少女のようだったが非常に優秀なボスで、はみ出し者ばかりの傭兵たちをよくまとめ上げ、「商品」としてあちこちに貸し出す経営手腕《しゅわん》も見事だった。

そして、ずば抜けた頭脳の持ち主でもあった。おそらく砂鉄が人生で出会った中でも間違いなくトップクラスだ。

彼女は少女期に成長を阻害《そがい》する薬を飲まされた過去があったそうで、身長は低く、顔つきも幼いままだった。だがそれを差し引いても見た目が異様に若く、五十歳を過ぎてもなお十代のようだった。月氏の鎖《くさり》たちからは恐れを込めて「化け物」とも呼ばれていた。

砂鉄はそれを、鎖様が元々の童顔に加えて化粧がやたらと上手いだけだと思っていた。金は有り余るほど持っているし、若さを保つことに大金をかけているのだろうと。

だが、七歳だった桜が「成長しない子どもを治す」という奇妙な力を発揮してから、鎖様は自分も成長しない子どもなのではないかと考え始めた。

いくら少女のような体型のままとはいえ、皮膚や髪に衰《おとろ》えが出てくるのは人間として当然だ。それが老化というものだ。だが彼女は、投薬された事実を抜きに考えても若すぎる。

そう考えた彼女は、桜が犬蛇の島に送られ、錆丸とユースタス、夏草が世界のどこかで眠りについた後、砂鉄と三月、伊織を呼び寄せた。そして自分もおそらく、その「成長しない子どもである」と言った。

金星から託《たく》された桜の未来と使命、そして守護者たちのことは極秘だったが、鎖様は当然のように桜の能力のことを知っていた。奇病《きびょう》を治す幼い娘の噂は、どれほど慎重になっても隠し通せるものではない。しかも彼女は医師の資格も持っており、医学界のささいな噂話も把握していたのだ。

そして彼女は、唐突に世界から消えてしまった錆丸とユースタス、夏草のことを指摘し、こう言った。

――金星から再び、何らかの要求があっただろう。

金星特急の旅は、初恋の少年・錆丸を女神である自《みずか》らの元へ連れてこさせるための壮大な舞台装置だった。

今回、あの世界を揺るがした一大事に深く関わった人間が桜を含め四人も消えている。そして砂鉄は恋人と、三月は相棒と、伊織は血の繋がった兄弟と離ればなれになっているはずなのに、誰も絶望や慟哭《どうこく》の姿を見せない。何かあるな、と鎖様は感づいた。

また、人間四人がこうも見事に消え失せるなら、それは女神だった金星の力だろうとも考えた。情報戦の魔女と呼ばれた自分が世界中探らせても四人はいない。超自然的な力で隠されているとしか思えない。

――もし、わしが「成長しない子ども」だとすると桜が女神から授《さず》かった能力と何らかの関係があることになる。ま、わしも金星の関係者だな。

そして彼女は、これから世界中の「成長しない子ども」を調べるつもりだと言った。

桜がいなくなったこの世界で、彼らが癒《い》やされて成長を再開することはもうない。だが、何らかの共通点は必ずあるはずだ。

それを研究し、結果をお前たちに伝える。

その代わり、金星が何を要求したか、桜たち四人はなぜ消えたのかを教えろ。要するに、情報交換の提示だった。

伊織はすぐに、いいんじゃねえですかい、と答えた。桜の能力を解明できる手がかりになるならば、頭脳明晰《めいせき》な鎖様に研究してもらえることは有りがたいと。

だが砂鉄と三月は難色《なんしょく》を示した。

二人とも、鎖様がいかに恐ろしい女であるかをよく知っていた。砂鉄と三月が月氏に入った時点で彼女はすでにトップだったが、現役時代の苛烈《かれつ》さ無慈悲さは伝説だった。智将《ちしょう》であり猛将《もうしょう》でもあり、さらに見た目は幼い少女なのだから、敵兵には本物の悪魔に見えたそうだ。

そんな彼女が、こんな情報交換をして何のメリットがあるのだろう。金が大好きで、儲《もう》けの無い話になど一切耳を貸さない女なのに。

砂鉄がそれを指摘すると、鎖様はいつもの得体の知れぬ微笑みとは少し違う、柔らかい表情を浮かべた。

——わしな、金星特急の旅の様子を錆丸から詳しく聞いて、アルベルト王子の死に様に憧《あこが》れておったのよ。

アルベルトは、女神である金星に「人間が知ってはならぬこと」を質問したそうだ。それと引き換えに命を落としたが、彼自身がそれを望んだらしい。彼の最期《さいご》の言葉は「本望《ほんもう》です」だった。

鎖様も、自分が何者であるか知りたい。

それが世界の在《あ》り方にどう関わっているのか、消滅した女神と何の関係があるのか、それを知らぬままのうのうと生きていられない。

人が生きることに迷った時によく探す存在意義《レゾンデートル》、ましてや浅はかな自己肯定《こうてい》感を求めてのことではなかった。ただただ、彼女は純粋に自分と世界の成り立ちを知りたいのだ。知に魅了された人間は、「知る」ことが生きる理由となる。

知りたいから「成長しない子ども」を研究する。知りたいから自分の正体も探す。知りたいから金星が何を要求したのか情報交換を求める。

彼女にとってこの申し出のメリットは「知りたいことを教えてもらえる」だけだそうだ。もちろん、何の金儲けにもならない。

砂鉄と三月はそれでも鎖様に対する疑いを捨てきれなかったが、伊織が飄々《ひょうひょう》と言った。

――別にいいじゃねえのかい。鎖様が何をたくらんだところで、どうせ桜が蘇るのは七百年後サ。危害の加えられようもねえよ。

確かにその通りだった。

たとえ「七百年後に蘇る女神の娘」の話を鎖様が周囲に漏らしたとしても、馬鹿馬鹿しいおとぎ話だと一蹴《いっしゅう》されて終わりだ。ましてや「遠い未来に人類の敵が現れる」という警告など、宗教家や政治家、科学者から歴史上何度も繰り返されてきたし、今さら誰も信じない。少なくとも、こちらの情報を鎖様に渡してもデメリットはあまり無い。

だが、頭脳明晰な彼女が「成長しない子ども」を調べてくれるというなら、こちらのメリットは大きい。

そう判断し、砂鉄と三月、伊織は鎖様の申し出を受けた。

すでに消滅した金星が娘に与えた使命、守護者である自分たち、そして桜を守り育てる予定の金星堂の娘たち。

その話を聞いた鎖様は、じっと何かを考えていたが、自分の推論はある程度当たっていたようだ、と言った。

そしてニヤッと笑った。


――わしの本気の研究論文、楽しみにしておれよ。七百年後に役に立つことを願うぞ。


すると、珍しく一言もなく話を聞いていたアルベルトが唐突に言った。

「読みたい」

切実な口調だった。

「読みたいです、鎖様の論文」

砂鉄と三月はちらりと目線をかわした。

もちろん、アルベルトに頼まれずともそのつもりだった。

旅の仲間であるからいずれ鎖様の論文は見せることになっただろうが、彼女は「出来れば論文に穴を見つけ、反論できるぐらいの頭脳の者に読ませろ」と指示していたのだ。その方が研究の精度が上がるからと。

鎖様が想定していたのは、おそらくユースタスだっただろう。だが本物の学者であるアルベルトが蘇ったならば、この爬虫類が最適任者だ。

夏草も言った。

「その図書館に行きたい」

こちらはアルベルトよりもっと切迫《せっぱく》した口調だった。もちろん鎖様の論文ではなく、夏草が眠りについた後も出版され続けた「釣り人探偵」とやらが読みたいのだろう。

「まあ、夏草が予想外に早く見つかった今、次に目指すべきはサンクト・ペテルブルクだろうな」

砂鉄が賛同すると、三月も言った。

「せっかく頑張って保存した図書館見て欲しいし、俺も賛成だけど、蜜蜂どこで殺す？」

この城に滞在しているうちは目立つだろうから、旅の途中で事故にでも見せかけるのが一番だろう。桜とユースタスは嘆《なげ》くだろうが、会ったばかりの赤の他人だ、ひとしきり祈りを捧《ささ》げてそれで終わるだろう。

だが、アルベルトが唐突に言った。

「三月さん、図書館というからには様々な本が多数あると考えていいのですね？」

「もちろん。七百年前の本も結構残してあるし、ここ最近集めたものもあるよ」

「では、古い世界語以外で書かれた本も多いということですね？」

「うん。純国語普及委員会が滅びてから、『俺たちの昔の言語を復活させようぜ！』運動が世界中に広まったし、かなりの数あると思う」

「では、それを解読するために蜜蜂くんは必要でしょうね。僕は三月さんが少しずつ本を集めていたと思っていましたので、それならば各言語に一人ずつ翻訳者《ほんやくしゃ》を探せばいいと考えていたのですが、多言語の書籍が一堂に会する奇跡のような図書館がこの世界に存在するならば、彼は必要です」

「必要か？」

砂鉄のくわえ煙草の端が持ち上がると、アルベルトは冷静に言った。

「活版印刷を復活させたいのなら、お手本となる書籍は重要ですよ。現代の誰かが作品を生み出すにはまず、過去の名著《めいちょ》を読ませないと」

「そこまで活版印刷が重要か？　夏草のために本を復活させてえってのは分かるが」

「活字中毒の夏草さんのためだけではありません、砂鉄さん。この旅の最終目的は何ですか？」

「――」

七百年待って三月と一緒に桜を迎えに行き、ユースタスを起こし、夏草を起こした。

次は行方不明の伊織と錆丸の眠る場所を探し、態勢を整えたら。

「蒼眼を倒す。それでしょう。砂鉄さんはユースタスさえ無事ならそれでいいかもしれませんが、人類を守る旅には最後まで付き合って頂きますよ。そのためにはどうしても、人類に知識を与える活版印刷の復活は必須です」

アルベルトの主張が通り、蜜蜂の命はいったん「保留」ということになった。

取りあえずはサンクト・ペテルブルクまで連れて行く、その間に妙な行動をするようなら即抹殺《まっさつ》。そして他に多言語に通じた人間が雇《やと》えるようなら、桜とユースタスの秘密を知る彼はやはり即抹殺、だ。

何よりも、ユースタスを守るため。

邪眼を殺す桜も厄介だろうが、邪眼と打ち消し合うユースタスの銀魚も蒼眼にとっては相当に厄介だ。彼女に危険性が及ぶ可能性は、限りなくゼロに近づけておきたい。

菜の花畑で夏草《なつくさ》が目覚めた翌朝、桜《さくら》は寝坊した。

いつもは日の出と共に起きていたのに、昨日は感動の再会を目《ま》の当たりにして興奮していたのか、なかなか寝付けなかったのだ。

枕元では、アルちゃんもまだ眠っていた。

秋が深まってから彼は格段に睡眠時間が長くなり、目覚めてからもしばらく温めてあげないとなかなか動けない。それに昨日は長い間どこかに行っていたようだし、疲れているのかもしれない。

ピクリともしないアルちゃんを懐《ふところ》に入れると、ユースタスの声がした。

「桜、おはよう」

桜が天蓋《てんがい》付きのベッドを降りると、ユースタスは窓辺に腰掛け、一人で朝食を取っていた。毎朝、召使いの女性が運んでくれるスープとパンを一緒に食べるのが習慣になっていたが、今朝は待てなかったらしい。

「おはよー」

寝ぼけ眼《まなこ》をこすった桜は、水差しの水を陶器《とうき》の器に移して顔を洗った。どうしても真水《まみず》がもったいなくて、「顔を洗う」という行為に気が引けてしまうのだが、井戸水がいくらでもあるから使えと言われている。

身支度を調えた桜は自分の盆《ぼん》を持ち、ユースタスの隣に腰掛けた。

「今朝は珍しく寝ぼすけだったな」

「うん、何かいーっぱい夢見ちゃって。菜の花畑がずーっと広がってて」

するとユースタスは優しい笑顔になった。

「君も夏草さんを起こせたのが嬉しかったのだな」

「うん。まだどんな人かよく分からないけど、三月《さんがつ》がね、夏草さんにすがりついて泣いてるの見たら、私も凄《すご》く涙が出て」

犬蛇《けんじゃ》の島で目覚めてからグラナダに向かうまでのことを、桜はユースタスに話した。七百年も夏草が見つからず、三月が辛《つら》そうだったこと。初めて会ったはずの「伯父《おじ》さん」があまりに苦しそうで、桜もとても悲しくなったこと。

「だからね、思ってたよりずっと早く夏草さんが見つかって、三月良かったなって。ゆすたすちゃんが、『夏草さんの樹は生きてる』って教えてくれてから、三月はだいぶ、表情が明るくなったんだよ」

「そうか。彼らは七百年前まで、相棒制《バディ・システム》を取る傭兵《ようへい》だった。戦場では自《みずか》らの背中を預ける相手だし、致命傷《ちめいしょう》を負《お》った場合は速《すみ》やかに殺してあげなければならない。命を託す相手とは時に、夫婦や恋人同士にも勝《まさ》る絆《きずな》を生むそうだ」

――夫婦や恋人同士。

ユースタスの何気ない言葉に、桜は一瞬、黙り込んだ。

彼女こそが砂鉄《さてつ》の恋人だ。三月はそれを「奥さんみたいなもん」とも説明していた。

何度も何度も浮かんだ疑問がまた蘇《よみがえ》る。

ユースタスに、砂鉄が恋人であることを伝えては駄目なのだろうか。砂鉄本人が止《や》めろと言っているし、アルちゃんも「無理に思い出させるよりは、彼女が自ら記憶を取り戻すきっかけを待ちましょう」と言っていた。桜も厳重《げんじゅう》に口止めされている。

しかし、これでは砂鉄が可哀想過ぎる。

七百年も相棒の行方が知れなかった三月も確かに辛かっただろう。だが、長い長い年月待ち続けた恋人が自分のことを綺麗さっぱり忘れているなどあんまりだ。

ふと、桜は思いついた。

禁じられているのは、「砂鉄と恋人同士だったのをユースタスに話すこと」だけだ。

だが、彼女が砂鉄を思い出すきっかけを作るだけなら問題無いのでは？

つまり、砂鉄とユースタスの会話を増やすのだ。砂鉄は無愛想だし、そもそもあまり口を開かないが、一緒に行動する機会があればユースタスと話すこともあるだろう。

しかし、どうやって。

桜が考え込んでいると、ノックの音がした。

扉の下の方から聞こえてくる位置。小さい人、熊御前《くまごぜん》のジャンだ。

身軽く立ち上がった桜が扉を開けると、ジャンが胸に手を当てて礼をした。今朝は熊のかぶり物をしていない。

「朝っぱらから淑女《しゅくじょ》たちの居室《きょしつ》に押しかけて申し訳ありません。まだお食事中でしたか」

「ううん、もう食べ終わるとこだよ。マルメロのジュース、ジャンさんも一緒に飲む？」

「いえ、お二人にちょっとお伝えしたいことがあるだけですので」

天守閣《てんしゅかく》の部屋に招き入れられたジャンは、こほん、と咳払《せきばら》いしてから二人に言った。

「実は今日、城に客が来るのです。ある意味で有能な人物ではあるのですが、あまり女性に会わせたくないタイプでして。よろしければ、桜さんとユースタスさん、本日は気晴らしに温泉に行かれませんか」

「温泉？」

そう言えば、アルちゃんが近くに温泉があるはずだと言っていた。菜の花畑で夏草を見つけたのですっかり忘れていたが、あの辺りが一年中春なのは地熱《ちねつ》と関連しているのだろうと。

色々とありすぎて温泉のことなどすっかり忘れていたが、ふいに、桜は素晴らしいアイデアを思いついた。

「うん、温泉行ってみたい。ゆすたすちゃん、砂鉄も誘おうよ」

女二人で温泉に行けばいいとのジャンの提案だが、用心棒代わりとして砂鉄も引っ張り出せばいい。三人しかいなければユースタスと砂鉄の会話も増えるだろう。

するとユースタスは怪訝《けげん》な顔になった。

「砂鉄？　なぜ彼を？」

「ええと、狼《おおかみ》とか熊が出るかもしれないし」

「ならば三月さんか夏草さんでもよいのでは」

「さ、三月と夏草さんはきっと二人で積もる話もあるよ。ね、砂鉄を誘おう」

少々強引に主張していると、ユースタスがふいに眉根を寄せ、細い顎《あご》に手をやった。何事か考え込んでいたかと思うと、顔を上げる。

「いや、蜜蜂《みつばち》を誘おう」

「蜜蜂？　どうして」

「我々二人と一緒に行動させるなら砂鉄ではなく蜜蜂にすべきなのだ、桜」

ユースタスはじっと桜の肩を見つめていた。

いや、肩ではなく、いつの間にか上ってきていたアルちゃんだ。

いつもなら起きるなりペラペラしゃべり出すのに、なぜか無言でじっとユースタスと見つめ合っている。

（え、何……？）

やがて唐突にアルちゃんが言った。

「そうですね。蜜蜂くんを誘えばよろしいと思いますよ、ユースタス」

「そうさせて頂きます、殿下《でんか》」

だが桜はまだ諦めず、グズグズと主張した。

「えと、蜜蜂を誘うのはいいけど砂鉄も呼ぼうよ。森には狼が――」

するとジャンが笑顔で言った。

「この辺りの森は全て娘の所有ですので、城の狩り場です。森番が厳重に管理しておりますし、狼や熊に出くわすことはまずありません」

「だそうだ、桜。蜜蜂を誘って温泉に出かけよう」

珍しく強引に話を決めたユースタスは、さっさと蜜蜂を呼びに行った。

すでに地下の活版印刷工場で作業をしていた彼は、いきなりやって来たユースタスと桜に誘われ戸惑っている。

「おんせん？　て、お湯とか溜まってるとこだっけ」

「そうだ。菜の花畑の側《そば》にあるらしいから、行ってみないか」

「え、昨日もピクニック行ったのに？　俺、今日は新しいピンセットの試作品作りてえし――」

「三人でデートだ、蜜蜂。きっと楽しいぞ」

ユースタスはにっこり微笑《ほほえ》んだ。

でえと、というと確か、恋仲の二人が一緒に出かけることか。男女でも男同士でも女同士でもそう呼ぶとマリア婆ちゃんに教わってはいたが、三人でもいいとは初めて聞いた。そもそも、桜はユースタスとも蜜蜂とも恋仲ではないのに。

すると蜜蜂が肩を軽く回しながら言った。

「デートかあ、ユースタスみてえな美人に誘われちゃ断れねえな。お前も一応、美人の部類だと思うし」

蜜蜂は桜を見てそう言い、植字の片付けを始めた。軽い調子で続ける。

「両手に花だな、今日の俺は」

「一応、僕の存在も考慮《こうりょ》して頂けますか蜜蜂くん」

桜の懐から顔を出したアルベルトが抗議した。

「ユースタスも三人デートとは酷《ひど》い、三人と一匹デートに呼称《こしょう》の変更を願います」

「失礼いたしました、殿下。では三人と一匹の温泉デートに参りましょうか」

桜とユースタス、蜜蜂が出かけると聞きつけると、伯爵夫人がバスケットで届け物をしてくれた。温泉に必要な品々だそうだ。

さらに昨日のようにたっぷり昼食を用意してもらい、三人は黄金色《こがねいろ》に染まる秋の森に出た。

小鳥たちがさえずり、リスは忙しく木の実を集めている。見慣れぬ動物を目にするたび、桜はアルちゃんに名前と習性を聞いた。どれが狩りやすいか、どうやって食べればいいかを考えるためだ。

鶉《うずら》やクイナという鳥は簡単に射落《いお》とせそうだし、大物が欲しければカモシカがいいだろう。食べたことはないが、あの脚《あし》は美味《おい》しそうだ。弓の弦《つる》を鳴らすとピクリと反応するが、こちらを侮《あなど》っているのか逃げはしない。

（いつか食べようっと）

やがて寒くなったかアルちゃんは桜の胸元に引っ込んでしまったが、それでもしゃべり続けた。

「実に豊かな森ですね、伯爵夫人の富の源《みなもと》が分かりますよ」

「そうなの？」

「僕が見聞きした限りでは欧州《ヨーロッパ》の自然はかなり破壊されているようです。その中でこの生命に溢れた森を所有しているということは、広大な範囲の水利権《すいりけん》を握っているのと同じですからね」

水がとても大事、というのは桜も身にしみて分かっていた。

金《かね》という概念《がいねん》は未《いま》だによく理解できないが、水が高値で取り引きされる地域もあるのは納得だ。水が無ければ人も動物も植物も簡単に死ぬ。

ジャンに場所を教えてもらった温泉は、菜の花畑に向かう斜面《しゃめん》にあった。

昨日は霧《きり》でよく見えなかったが、樫《かし》の古木《こぼく》のうろと大きな岩の間にお湯が溜まり、湯気が出ている。石を積み上げて囲ってあり、周囲の枯れ葉も綺麗に掃除されていた。

こんなものが自然に存在するのか。火を入れなくても勝手に湧き出てくる温かい水など、犬蛇の島にいたころは想像も出来なかった。真水どころか煮炊《にた》きの燃料さえ乏《とぼ》しかった島なので、この温泉というものがとてつもない贅沢《ぜいたく》に思える。

その時、蜜蜂がピクリと耳をそばだてて振り返った。

「どうした、蜜蜂」

そう尋ねられた彼は、唇にそっと指を当てた。森の一方向を見ている。

ユースタスもそっと剣の柄《つか》に手をかけたが、姿を現したのは大柄な森番の男だった。

「ややあ、女の子のお客が湯をお使いなさるってんで、ついたてを持ってきやしたよ」

彼は厩《うまや》から戸板を運んできており、温泉の石枠《いしわく》に立てかけた。木の枝を組み合わせて器用に支えている。

「この森は村人たちが立ち入れない禁猟区《きんりょうく》なんだがね、この季節だけはキノコ狩りとベリー摘《つ》みが許されていやすからね」

彼は蜜蜂に一本の笛を差し出した。

「女の子が湯に浸《つ》かってる間は、坊主が見張りに座ってこの笛を鳴らすんだよ。そうしたら、村人は近寄ってこんからね」

「おっけー」

彼は受け取った笛を鳴らし、軽く眉をひそめた。一定の音しか出せない単純さが気に入らなかったようだ。

森番が去ると、蜜蜂が戸板の陰に回って座り込んだ。時々、笛を鳴らしてはいるが、音階を出せない構造にブツブツ言っている。音楽をたしなむ彼にはつまらないのだろう。

「僕も蜜蜂くんと共に戸板の向こう側に行きましょう。見張り番として役に立ちますよ」

アルちゃんも戸板の向こうに回ると、ユースタスが桜をうながした。

「こちら側は私が見張っているから、桜、先に入りなさい」

ユースタスにそう言われ、桜はきょとんと目を見開いた。

「え？　一緒に入ろうよ。お湯、たくさんあるよ」

「そ、それはちょっと……」

「何で？　三月から男の人に裸見せちゃ絶対駄目って言われてるけど、女の人同士ならいいんじゃないの？」

するとユースタスは咳払いし、真面目な顔になった。

「危機管理の問題だ、桜。この三人で武器を持つのは桜と私だけ。同時に裸になってはとっさの時に動けない」

「そうかなあ。私は裸でも弓を使えるけど」

「桜にそんなことをされては、私が三月さんに叱られる。一人ずつだ、桜」

そう言われて納得し、桜は躊躇《ちゅうちょ》無く全裸になったが、三月がお土産《みやげ》にくれた腕輪だけはそのままにしておいた。絶対に肌身離さずにね、と言われているのだ。

「えーとえーと、伯爵夫人が温泉で使えって用意してくれたの、何だろ」

籠《かご》をさぐると、つるつるした布と花びらの形をした何かが出てきた。匂いを嗅《か》ぐと、淡い花の香りがする。

「蠟《ろう》……じゃない、何だろこれ」

「絹のタオルと石けんだ、桜。それで髪と皮膚《ひふ》を洗うのだ」

「石けん！」

大蛇の島でも時々、女たちが石けんを作っていた。植物の油を砕いた貝殻《かいがら》と灰に反応させ、大きな巻き貝に流し込み、固まれば完成だ。だが近年は常に食料が足りなかったので、貴重な植物油を石けんにすることはなかった。

城ではたらいの水で体を洗うことは出来たが、全身を湯に浸からせ、石けんを使えるなど信じられない。

湯の温度を確かめ、爪先《つまさき》からそうっと温泉に入ってみた。膝まで入ると、ふわああ、と妙な声が出てしまう。

「ぞわぞわする、何かぞわぞわするよ、ゆすたすちゃん！」

「ははは、ゆっくり浸かるのだぞ」

そろそろと湯の中に体を沈めた。海水のように浮力は無い。真水のようにさらさらでもない。何だか肌にまとわりついてくるようだ。

肩まで湯に浸かると、もう一度、あー、という妙な声が出てしまった。何だろう、この血が体に巡《めぐ》っていく感じは。

「気持ちいいよ、ゆすたすちゃん」

「それはよかった」

あまりの心地よさに段々ボーッとしてきた。これは確かに、桜とユースタス同時に温泉に入っては危ない。意識がとろりとして、注意力散漫になってしまう。

石けんで体を洗い終わると、ユースタスが髪を洗ってくれた。マリア婆ちゃんを思い出す。

「桜の髪は不思議な色だな。風になびいていると錆丸《さびまる》そっくりで赤いのに、濡れてまとまると黒髪にも見える」

「マリア婆ちゃんは、派手な蝶《ちょう》は光の角度で色を変えるのがいるから、それと同じみたいなもんだって言ってたよ」

「なるほど、蝶の娘だな」

ユースタスの長い指に頭皮《とうひ》を撫でられ、桜は段々と眠くなってきた。うっとりと目を閉じる。時々、蜜蜂が鳴らす笛が聞こえる。

「人の指って気持ちいいね」

「そうだろう。誰かに髪を梳《す》かれるのは、私も――」

唐突にユースタスは言葉を切った。桜が見上げると、何か考え込んでいる。

(思い出した!)

彼女は今、他人に髪を梳かれた経験を思い出しているのではないか? それが誰の手であったか、不審に思っているのでは?

だがユースタスはゆっくりと首を振り、再び桜の髪を洗い始めた。そんな経験など自分には無い、と言い聞かせているかのような顔だ。

桜はガッカリしたが、ここで無理強《じ》いしてはいけない。砂鉄。何か、砂鉄の話題は無いものか。唐突に、砂鉄って顔怖いよねー、と話しかけるのは変だろうか。

交代で湯に入ったユースタスの髪を、今度は桜が洗ってあげた。

柔らかくて細い金の髪。手触りのあまりの頼りなさに驚いてしまう。

「髪長いねえ、ゆすたすちゃん。とても綺麗」

「戦うのに邪魔だとは思うのだが、なぜか短くする気になれなくてな」

「切っちゃ駄目だよー！　もったいないよ、こんなに伸ばしたのに」

その時、しばらく止《や》んでいた笛の音が再び聞こえてきた。

さっきまでは寝ぼけたキジバトみたいな単調な音だったのに、驚いたことにメロディになっている。

「蜜蜂、笛どうしたの！」

桜が声を張り上げると、戸板の向こうから返事があった。

「この笛つまんねーから、穴増やして改造してやったぜ！」

そう言えばさっきから、違う音階を試すような音が聞こえてくると思った。蜜蜂の手先の器用さには、ほとほと感心する。

ふと、桜はアルちゃんが言っていたことを思い出した。

——記憶を刺激するのは聴覚、嗅覚《きゅうかく》、味覚などです。ユースタスに砂鉄さんのことを思い出して欲しいなら、彼女が彼と二人で聴いた曲、一緒に眺めた花、食べた料理、そんなものが分かるといいのですが。


二人で聴いた曲。

桜は勢い込んで言った。

「ねえ、ゆすたすちゃん、好きな曲って何？」

唐突な質問に彼女は驚いたようだったが、首をかしげて考えた。

「そうだな。『月へ渡る』という歌が好きだったな」

「どんな歌？　歌って」

「そ、それは……少し、恥ずかしいな」

「大丈夫だよ、ゆすたすちゃんは声も綺麗だし。──私が歌うと、音痴《おんち》って言われるけどね！」

最後の方は戸板の向こう側に向かって叫ぶと、蜜蜂の「音痴はホントだろ！」との声が飛んできた。腹の立つ。

何度かねだると、ユースタスは咳払いをし、細い声で歌い始めた。どこか物悲しい旋律《せんりつ》だが、美しい。

古世界語《こシージエユー》の歌詞は、もう会えなくなった恋人に会いに、『ぼく』が月へ渡るというものだった。象徴的で桜にはよく意味が分からなかったが、曲の最後では、月で恋人に会えていた。

「綺麗な曲だねえ。とても素敵」

桜が拍手をすると、ユースタスは赤面してまた咳払いをした。賛美歌以外、人前で歌を歌った経験など無いのだそうだ。

すると、戸板の向こうから蜜蜂の笛の音が聞こえてきた。驚いたことに、たった今聴いたばかりの「月へ渡る」のメロディを完全に再現している。

ユースタスが感心したように言った。

「本当に多才な少年だな、蜜蜂は」

「語学が達者な人は音楽の才もあるって、アルちゃんが言ってたよ」

二人で笛の音に聴き入った。

ユースタスは赤や黄色に彩《いろど》られた樹上《じゅじょう》を、じっと見上げている。隙間から見える淡い空。降り注《そそ》ぐ柔らかい光。

桜は彼女の濡れた髪をそっと撫で続けた。

ユースタスは砂鉄と一緒に、この曲を聴いただろうか。

こんな風に髪を撫でられたりしただろうか。

――思い出して。

どうか、あなたの恋人のことを思い出して。

笛の音は、サビのメロディを何度も繰り返した。月で君に会えた、月で君に会えた、永遠に二人は一緒。

唐突にユースタスが呟いた。

「箱が」

「……箱？」

「桜、私の上着をとってくれないか」

「？　これ？」

岩の上にきちんと畳《たた》んで置かれた騎士服の上着を桜から手渡されると、彼女は生地《きじ》が濡れるのも構わず内ポケットをさぐり、小さな箱を取り出した。

「これが裏地に縫《ぬ》い付けてあった。そして内ポケットの入り口も綺麗に縫い閉じてあった。だが、私はこんな物を身につけていた覚えが無いのだ」

「――」

それは、もしや砂鉄に関係するものではないか。桜は前のめりで尋ねた。

「箱の中、何が入ってた？」

「骨だ。開けてみろ」

「……骨？」

桜がそっと箱を開けると、綿の上に小さな骨が乗っていた。おそらくは人骨《じんこつ》、指の骨の一部だ。

「誰の骨？」

「分からない。肌身離さず持ち歩いていたはずなのに、それが何だか全く思い出せないのだ」

桜は小さく唾《つば》を飲んだ。少なくとも彼女は、「思い出せないことがある」ことを知っている。

「きっと大事な人の骨だと思うよ。島の女たちはね、死んだら土に埋めて欲しいって人と、海に流して欲しいって人がほとんどだったけど、焼いて骨にして欲しいって人もいた。燃料が足りないから無理だったけど」

焼かれて骨になりたがった女は、その骨を犬蛇の島に置いて欲しい、そして時々話しかけて欲しいと言っていた。

きっとこの指の骨の持ち主も、ユースタスの大事な人だ。絶対に砂鉄とも関係がある。砂鉄にこの骨のことを尋ねよう。この骨が誰の物か分かれば、きっとユースタスの記憶も芋《いも》づる式に蘇《よみがえ》る。そう信じたい。

ユースタスが湯から上がると、蜜蜂とアルベルトに交代した。温泉側からは、「ぎゃあ」だの「熱っ」だの蜜蜂が騒ぐ声が聞こえてくる。何だか楽しそうだ。

ユースタスは戸板の陰に桜と座り込み、小箱を見つめてまだ考え込んでいる。

だが、せっかくユースタスが何かを思い出しそうだったのに、昼食の時間になると料理に夢中になってしまった。小箱を内ポケットにしまい込み、凄い勢いで食べている。

桜はガッカリしたが、城に戻るなり砂鉄を捜し回った。

何人もいる召使いに聞き回り、北の塔で見かけたとの情報を得て駆け上ると、城壁の上で、壁にもたれて煙草を吸っている。蒼眼《そうがん》の追っ手がかからないか、街道の方を見張っていたようだ。

桜は勢い込んで言った。

「砂鉄、この歌知ってる？」

さっき聴いたばかりの「月へ渡る」を歌ってみたが、怪訝《けげん》な顔をされた。正直、歌詞もうろ覚えだ。

「悪《わり》ィが、どんなメロディだかさっぱり分かんねえな。お前、マジでびっくりするほど音痴だぞ」

「ああ、もう！　ここで待ってて！」

憤慨《ふんがい》した桜は塔を駆け下りると、井戸端《いどばた》で下働きの召使いたちとおしゃべりをしていた蜜蜂に駆け寄った。強引に腕を引く。

「何だよ！」

「いいから来て！　ゆすたすちゃんに砂鉄のこと思い出させるの、手伝って！」

蜜蜂を引っ張って北の塔に再び駆け上り、不審そうな顔の砂鉄に大股《おおまた》で歩み寄った桜は、肩で息をしながら言った。

「蜜蜂、さ、さっきの歌、歌って」

ている。

「ゆすたすちゃんがさっき歌ってた『月へ渡る』！　お願い！」

蜜蜂は首をかしげたが、軽くターバンを整えると、胸に手を当てて歌い出した。

綺麗な歌声が風に乗る。城壁を歩き回っていた他の兵士たちも、思わず足を止めて聴き入っている。

砂鉄はただ、黙って蜜蜂の口元を見つめていた。彼の喉《のど》から流れ出るメロディに色や形があるかのように、ただ、じっと。

そして、一つしかない目をゆっくりと閉じた。煙草の煙がなびいていたのに、その瞬間だけなぜか風が止まり、一瞬が永遠ほどの時間に思われた。

蜜蜂が歌い終わると、砂鉄はうっすら左目を開けた。

「あいつが好きだった曲だな」

「――そう！　そうなの！」

それっきり砂鉄は何も言わなかった。蜜蜂も戸惑ったように砂鉄の顔を見上げるばかりだ。

桜はさらに、砂鉄にすがった。

「この曲をね、蜜蜂の笛で聴いてた時、ゆすたすちゃん、骨の入った小箱のこと唐突に話し出した。誰の骨だか分からない、って言ってたけど、肌身離さず持ってるそれ、自分の大事な人だっては思ってるんだよ」

すると、それまでほとんど表情を変えなかった砂鉄の目が、かすかにすがめられた。長い煙を吐き、ボソッと言う。

「俺の母親だ」

「……え？」

「俺の母親の遺骨《いこつ》だ。あいつの母親はクズだったから、これをお前の母親だと思えと言って渡した」

砂鉄の母親を、ユースタスの母親だと思え。

桜は母を知らない。だが砂鉄の言葉がどんな意味を持つかは、痛いほどに分かる。

涙ぐみながら砂鉄の服を両手でつかみ、言った。

「砂鉄。ゆすたすちゃん、思い出しかけてるんだよ。一緒に聴いた曲も、大事な人の骨も、少しずつ記憶を取り戻してるんだよ」

すると、砂鉄はうっすら微笑んだ。桜が初めて見る、どこか優しい瞳だ。

彼は桜の頭にぽんと手を置いた。

「ありがとな、桜」

次はかなり北のサンクト・ペテルブルクという街へ移動するそうだ。としょかん、という建物が目的らしい。

元々目指していた夏草の母の墓からそう遠くなく、たくさんの本と大事な論文があると聞き、桜は首をかしげてアルちゃんに尋ねた。

「本はお城で見せてもらったけど、ろんぶんって何？」

「研究結果をまとめた手記のようなものですね。七百年前に、鎖様《くさりさま》という女性が残したものです。僕が信頼する頭脳の持ち主でした」

その女性は年を取らない不思議な人だったそうだ。

幼かった桜は、そうした人々の成長をうながす力を持っていたらしい。鎖様はその秘密を解き明かしたいと願った。

彼女は、桜がこれから七百年かけてゆっくり成長する予定であること、その代償として錆丸、ユースタス、夏草が眠りにつくことなども知っていた。当事者以外で唯一、事情に通じていた人物だ。

「彼女は長生きされたそうですが、死の直前まで『成長しない子ども』の研究を続けたそうです。そして桜さんの能力が何なのか予測を立てていました。それが論文にまとまっているそうです」

七百年前近くに亡くなった女性の研究。

ふと、疑問に思った。

「じゃあ、砂鉄や三月はもうそれを読んでるんじゃないの？　その北の街に保管してあるんでしょ？」

「いえ、あの二人と伊織《いおり》さんは、鎖様から論文を読むなと厳命《げんめい》されていたそうです。必ず、桜さんを迎えに行った後で読めと」

鎖様は、彼女が生きていた時代に調べ上げた事実だけで論文を書いた。七百年後の世界がどうなっているか、桜がどう成長しているかは全て推論《すいろん》でしかない。

だが、これから七百年も世界をさまようことになった砂鉄、三月、伊織に予断《よだん》を与えたくない。この三人で変わりゆく世界を観察し、桜と会えた後は彼女の能力がどんなものかよく調べ、その後、はるか昔に書かれた自分の論文と比べてみろ。そう言ったそうだ。

「さすが、鎖様の慧眼《けいがん》だと思います。守護者の三人が先に鎖様の論文を読んでしまえば、必ずその推論に思考が引きずられます。十分に世界と桜さんを観察した後で過去の論文と比べなければなりません」

「私にも読めるかな」

「あなたにとっては昔の言葉である古世界語で書かれているはずですから、難しいかもしれませんね。八歳で島に来た時に習った文字、まだ覚えていらっしゃいますか」

「全然。だって言葉も文字も七百年でどんどん変わっていくんだもん」

「当然です。それが普通なのです」

一行が北に旅立つことになると、伯爵夫人とジャンは大層嘆《たいそうなげ》いた。活版印刷工場に協力することになった三月はもちろんだが、優秀な蜜蜂を惜《お》しんだのだ。

「せめてここで冬を越しません？　これからは旅には不向きな季節です」

「蜜蜂くん、せめて印刷が軌道《きどう》に乗るまで」

「俺もここまで手伝ってきたし、そうしてーのはやまやまなんだけど」

蜜蜂は苦笑しつつやんわり断っていたが、まだここで手伝いたいという気持ちも本当だとは言った。

最初は手先が器用だという理由で引っ張り出されていたのに、ここしばらくは新しい道具の開発にまで挑戦していたのだ。名残《なごり》惜しいに違いない。

「でもさ、これから行く場所に本が集まってるらしいから、そこで活字たくさん見てこようと思う。活字のサイズどう揃えるかも、見本があれば分かりやすいだろうし」

目指すサンクト・ペテルブルクには色んな言葉で書かれた本が集まっているそうなので、その解読のため蜜蜂も旅に同行するのだ。アルちゃんがそう言っていた。

それを聞いた伯爵夫人とジャンは驚いた顔になった。

「本が集まっている……？」

すると三月が言った。

「図書館だよ。手書きの本じゃなくて、昔の活版印刷で作られたものがほとんど。わりときっちり保存されてるし、参考になりそうなの送ったげるよ」

「図書館！」

三月の言葉を聞いた彼らは大喜びした。

古い時代の本は現在とても貴重で、あちこちを旅する獣御前《けものごぜん》といえどなかなか見つけられない。発見できても状態の悪いものがほとんどだ。保存状態の良いものをまとめて送ってもらえるなら、どれだけ有りがたいことだろう。

「アレクサンドリア、アレクサンドリア、そこには老いも病《やまい》も無し！　ああ、憧《あこが》れのアレクサンドリアが実在したなんて」

桜にはまだ活版印刷の何が凄いのかよく分からなかったが、こんなに喜んでいる伯爵夫人とジャンを見ると、こちらも嬉しかった。

「でしたら、本格的な冬が来る前に出発された方がよさそうですわね。そろそろ蒼眼の葬送隊《そうそうたい》が来るかもしれませんし」

「蒼眼の葬送隊？」

「砂鉄という方に殺されたジルの死因を調べにですよ」

蒼眼が死ぬと、どこからか葬送隊がやって来るそうだ。

死んだその日に来ることもあれば、一年後に来ることもある。たとえ埋葬《まいそう》されていても仲間の死体を掘り返し、不審な外傷《がいしょう》は無いか、毒殺されていないか、詳しく調べるそうだ。

従って、蒼眼の火葬《かそう》や水葬《すいそう》などは許されていない。

どのような宗教であれ、土地であれ、そのまま保存されなければならない。葬送隊に死因を確かめられてからようやく、彼らの手により真に葬《ほうむ》られるのだそうだ。

そして、もし他殺《たさつ》と判断された場合は徹底的に犯人捜しがされる。

蒼眼に睨まれれば普通の人間は嘘がつけない。どんなに必死に隠そうとしても、必ず犯人は自白してしまう。

その後、蒼眼殺しとされた人間は凄まじい拷問《ごうもん》を受けるらしい。場合によっては見せしめで広場に死体を吊るされるそうだ。

「ジルは私にうつつを抜かすあまり他の蒼眼とあまり交流が無かったので、彼の死が彼らに伝わるのは遅いと思いますわ。私も意図的にジルの死を伏せておりますし。ですが、蒼眼の死は隠しても必ず漏れるとの噂です」

「葬送隊がどこから来るか分からない、とはどういうことです?」

アルちゃんの質問に、伯爵夫人は首を優雅にかたむけ、ほんの少し眉根を寄せた。

「蒼眼の葬送隊についてはジルからあれこれ聞き出そうとしたのですが、本当に分からないそうですの。君が死んでも来るだろう、とは言っておりました」

ジルは伯爵夫人が盲目だとは知っていたが、偽の蒼眼と気づかなかった。彼女の色香《いろか》に溺《おぼ》れて本当の年齢にも気づかず、あと一、二年で夫人が寿命を迎えると思い込み嘆いていたらしい。

「ジルの死体はいったん埋葬しておりますが、誰に殺されたかは必ず尋ねられるでしょう。私は悲嘆にくれながら、可愛い女の子を城に呼んだら誘拐と間違えられ、彼女の仲間にジルが殺された、と話すつもりです」

盲目の彼女は蒼眼に操られることがない。ジルの死因についていくらでも嘘は可能だ。

だが、砂鉄がジルを殺すところを見ていた者がいるかもしれない。ある程度は本当のことを言い、蒼眼を殺した男は逃げた、と嘘の情報を流す。

「葬送隊が来たら、あなた方を城に隠してやり過ごすつもりでした。しかし、あなた方がここを出発されるのでしたら、葬送隊と街道でかち合わないよう、急がれた方がいいでしょう」

だが、桜たちの目的地がサンクト・ペテルブルクであることはジャンには内緒にしておいた。本人がそう希望したのだ。

「私は葬送隊が来たら例の『こんたくとれんず』で蒼眼を防ぐつもりですが、娘と違って長時間は耐えられません。万が一にでも口を割らないよう、行き先は娘にだけ知らせて下さい」

出発前に、砂鉄と伯爵夫人でグラナダ売買《ばいばい》の仮契約が行われた。

実際の売買は、ジャンがグラナダに向かってアルハンブラ宮殿の状態なども調べ、交渉人や鑑定人、管財人《かんざいにん》などの専門家を多数交えてからになるそうだ。

急いで旅の準備を整え、一行は伯爵夫人とジャンに別れを告げた。

「旅の途中、何かありましたら熊御前に手紙を託《たく》して下さい！　そして桜さんからの恋文、まだ待っていますから！」

馬車に乗り込んだ後でジャンからそう言われ、桜はギクリとした。

「ば、馬車の中で考えます」

「何、恋をしたら自然と言葉など溢れてくるものです。それを私に教えて下さい」

——恋をしたら。

本当に自分にそんな日が来るのだろうか。父と母は大恋愛だったと聞いたが、二人が出会ったのは今の桜より年下だったらしい。全く想像もつかない。

そして蜜蜂を気に入っていた伯爵夫人は、彼の頬に手を添えて言った。

「蜜蜂のごとく勤勉なあなたは、蛇《へび》のようにずる賢く、鳩《はと》のように素直であれ。私はこの地の母としてあなたを見守ります」

すると蜜蜂は一瞬、どこかすがるような目で盲目の彼女を見た。わずかに唇を噛み、無言で軽くお辞儀をする。彼のそんな顔を桜は初めて見た。

古びた城門の前で、伯爵夫人とジャン、そして最初は冷たい表情にしか見えなかった使用人たちの笑顔に見送られ、馬車は出発した。

伯爵夫人の領地内はどこも街道が整備されていて、馬車でも問題なく進めた。

これまでは徒歩や馬で越えなければならない道も多かったが、かなりの速度で進んでも馬車は軽快に走る。アルちゃんが桜の肩から街道をのぞき込んだ。

「数百年前の道路をよく整備して保っています。アスファルトはさすがに残っていませんが、定期的に補修《ほしゅう》しているようですね」

「そうなの？」

「人と物が行き交う街道は、国の生命線でもあります。伯爵夫人は広大な領地から得られる資源を近隣諸国に輸出して富を得ているのでしょう。街道の整備と治安の維持《いじ》は必須《ひっす》ですよ」

アルちゃんによると、七百年前の東欧《とうおう》は欧州でも田舎の方だったらしい。西欧《せいおう》の都市部のように人口が密集し、大規模な建造物の連なる地域と比べて発展も遅かった。

だが少しずつ文明が崩壊を始めると、大都会であればあるほど混乱をきたし始めた。人口を支える食料が生産できない。流通も止まり始め、人々は田舎に逃げだそうとするも、その前に水や資源の奪い合いで殺し合う。

「ですが手つかずの大自然が残り、人々もまだ素朴《そぼく》な生活をしていたこの地方は、衰退《すいたい》も歯止めがかかったのでしょう。混迷を深めていく世界で、この地方の利点にいち早く気づいた有能なリーダーが現れ、利権《りけん》をしっかり確保したと推測します。それがおそらく、サボルチ伯爵夫人の先祖でしょうね」

「へええ」

北へと旅を続けたが、伯爵夫人の領地を出ると荒れた風景も増えてきた。倒木や土砂崩れも多く、橋を渡ろうとすれば土地の教会に多額の寄進《きしん》を要求される。蜜蜂が突っぱねると、今度は馬の飼い葉を売らないぞと脅される。それもたびたびだ。

それでも移動の間、アルちゃんは外の様子を眺めてはあれこれ楽しそうにしゃべった。

人々の服装や街や村の様子、行き交う馬の装具《そうぐ》など。似たような風景が続くのに飽きもせず、宿を兼ねた食堂に入れば料理や酒の材料に興味津々《しんしん》だ。桜が食べるバター風味の粥《かゆ》をちまち味見しては、これはカラス麦、これはトウモロコシと判定している。

「全く、何千年を経《へ》ても乳製品の変わらなさといったら！　僕はね、この世界で何が生き残って、何が消えたのか知りたいのです」

そう言えば彼は、以前もそんなことを言っていた。

車輪は生き残った発明、活版印刷は失われてしまった技術。彼は自分が生きていた時代と今がどれほど変わったのか、つぶさに観察したいそうだ。

「観察した限りですが、以前、世界でほぼ共通だったものはいくつか残っていますね。桜さん、時計は読めますか」

「時計……たまに街の塔とかにあるあれ、まだ慣れないよ」

時間が何なのか、外の世界では時計をどう読むのか、桜は犬蛇の島で教わってはいた。

だが太陽や星で時を知り、影の角度で時間を計っていた桜は、あのクルクル回る円盤《えんばん》で数字を表されてもピンと来ない。たまに三月や砂鉄から「何分」や「何秒」と言われても、それがどの程度の長さなのかよく理解できないのだ。

「そして暦《こよみ》は分かりますか」

「こよみ？　……分かりはするけど、島じゃほとんど役に立たなかった」

犬蛇の島に流されてきた女たちは最初、岩肌に暦を彫《ほ》ってはいた。だが日付など意味の無い暮らしだし、やがてその風習も廃《すた》れていった。

「数字は無論、分かりますね。桜さんは計算も出来ますから」

桜は読み書き計算を教わっているが、島に流されてくる女たちはそれが出来ない者もいた。百年、二百年と経つうちに読み書きの出来ない女は加速度的に増え、ようやく数字の判別が出来る者がほとんどだった。

「時間の単位、暦、アラビア数字。これらは以前、世界中でほぼ統一され、同じものが使われていました。現在でも使用されています」

そう言われて桜は逆に驚いた。時の数え方や暦や数字、そんなものに種類があったのか。

「距離や重さの単位もそうです。僕が見聞きした範囲では、国際的に統一されたメートル法、キログラム法が生き残っているようですね」

これももっと昔は国や地域によってバラバラだったらしい。それでは不便だというのであちこちで統一され始め、とうとう世界中でそれが基準となったそうだ。

「一度は強制的に統一された言語はすぐ、分裂を始めました。ですが統一単位はそのまま七百年使われています。これは大事なことですね」

「そうなの？」

「そうですよ、桜さん。人類を守るためには蒼眼を倒すだけでなく、人間を増やしていかなければね」

そんなこと考えもしなかったので、桜は驚いた。

――人間を、増やす。

「まずは人口の減少を止める、そのために食料生産の改革と疫病《えきびょう》対策、それが出来る知識人を増やすために活版印刷の復活を目論《もくろ》む。今はその段階です。単位が統一されている状態ですので、書物さえあれば知識の共有はしやすい」

何だか呆然としてしまった。

自分は今、そんな壮大な戦いをしているのか？

しょくりょうせいさんのかいかく？　えきびょうたいさく？

人間を増やすとはどういうこと？　みんなに「赤ちゃんいっぱい作ろうよ」と呼びかけて回っては駄目なのか？

父を捜す旅のはずが、桜の理解の範疇《はんちゅう》を超えた話になってきた。

頭がパンクしそうになり、桜は馬車の背もたれに勢いよく身を沈ませた。ふうっと肩で息をつく。

アルちゃんの「おべんきょう」は難しい。

桜は蒼眼を一人一人、ママの樹で射落としていく戦いなのだと思っていた。どこかに蒼眼が集まるお城か何かがあって、そこの一番偉い人を普通の人間にして、みたいなものだと。

桜は馬車の天井を見上げ、再び大きく息をつき、前を向いた。

御者《ぎょしゃ》は砂鉄と三月、蜜蜂が交代で行っており、今は蜜蜂だ。

ユースタスはこんな立派な制服なのに御者をするのはおかしいと止められており、この辺りでは目立つ夏草もずっと車内にいる。

隣では、夏草が向かいの三月から世界語の文字を習っている。

三月が出先で買ってきた手書きの本をお手本に石版《せきばん》に蠟石《ろうせき》で文字を書き取っており、横からのぞけば、単語の語尾の変化だ。

無言で夏草の手元を見ていると、彼が小さく溜息をついた。蠟石を動かす手が止まる。

「どうしたの?」

「難しい」

「これが?」

「意味が分からん。なぜ語尾を変化させる。『その林檎《りんご》の状態を表す』語尾とは何だ。林檎は林檎だ」

桜が初めて聞いた、夏草の比較的長いセリフだった。

ほとんど話さない彼だが、桜はなぜか彼に懐かしみを覚えている。三月の相棒というのもあるが、不思議と人に警戒心を覚えさせない空気を持っているのだ。

そして、料理も上手い。今は急ぐ旅なのでのんびり食事をすることは無いが、たまの休憩で軽食を作ってくれたりすると、びっくりするほど美味しい。城の厨房《ちゅうぼう》からもらってきた香草《こうそう》などを使っているようだが、あれらの何と何が組み合わさってあの味になるのか、桜には想像もつかない。

だが、七百年の眠りから目覚めたばかりの彼は、この語尾の変化が分からないらしい。桜は自然と覚えたことなので、何が難しいのかピンと来ない。

「古世界語は簡潔にして合理的な人工言語でしたからね、ルールは単純でした。しかし七百年のうちに様々な地方の言語から影響を受け、複雑で有機的になっています」

アルちゃんの説明にも、夏草は溜息をついただけだった。現代の世界語を聞いて理解するのはそこまで難しくないが、スラスラ読めないのが辛いそうだ。本が好きな人にとってはそれがストレスになるらしい。

「あはは、とにかく聞いて書いて覚えるしかないよね。俺も自然と覚えちゃったから、何が難しいのか説明しづらいな」

三月と桜、アルちゃんは三人で本と石版をのぞき込み、これは数を表す、これは場所、などと説明した。夏草は眉根を寄せながらも、生真面目《きまじめ》に書き取っていく。

ふと、桜は顔を上げた。

砂鉄が、真向かいで眠るユースタスを見ていた。

腕と脚を組み、窓辺にもたれて目を閉じた彼女の髪が、ガラス越しの鈍《にぶ》い光で淡く浮かび上がっている。静かに目を閉じた表情はどこかあどけなく、いつもの凛《りん》とした横顔ではない。

砂鉄は黙って彼女を見つめていたが、ふいに、手を伸ばした。

真っ白い額《ひたい》からひと筋垂《すじた》れた前髪にそっと触れると、すぐに手を引っ込める。

ただそれだけの動作だった。

再び背もたれに身を預け、ただ黙って煙草を吸う。そして、眠るユースタスを見ている。

——ああ、この人は彼女が目の前にいるだけでいいんだな。

そう思った。

早く思い出してもらえないと可哀想、なんて焦《あせ》っていた自分が恥ずかしい。

彼女が存在する。それが彼を生かしている。他に何もいらないのだ。

ふと、桜の脳裏《のうり》に何かが浮かんだ。

自分はこんな光景を、見たことが無かっただろうか。

金髪の女。黒髪の男。向かい合って、乗り物の窓辺に座っている。

だが、浮かんできそうだった情景はすぐに霧散《むさん》した。我に返り、アルちゃんがペラペラしゃべる声が再び聞こえてくる。

ユースタスがかすかに身じろぎした。

そのわずかな動きさえきっと、砂鉄にとっては喜びだ。

馬車は北上を続けたが、まだまだサンクト・ペテルブルクは遠いらしい。休憩で外に出るたび、枯れ葉混じりの木枯らしで桜《さくら》の頬は切れそうだったが、見たことも無い鈍色《にびいろ》の空、黒々とした針葉樹《しんようじゅ》の連なりが、ただただ珍しかった。

世界が広い。

父も、金星特急の旅でこんな風景を目にしたのだろうか。

時々、盗賊などが出たがすぐに追い払った。桜も馬車の屋根に飛び乗って弓で応戦し、せめて馬具《ばぐ》だけでも奪い取って行こうとする輩《やから》を撃退する。

どんな敵に襲われても相手にはならなかったが、いちいち足が止まるのが厄介《やっかい》だ。雪が降る前に到着したいのに、とアルちゃんが溜息をつく。

「蠅《はえ》のようにたかる盗賊もうっとうしいですが、この先、道が続いているかも怪しいですね。馬車で進めなくなるのは最悪です」

すると、蜜蜂《みつばち》が言った。

「でも旅人の噂で聞いたことあんだよな。この辺、速い馬車の国があるって」

「速い馬車の国？」

「めっちゃ高額だけど、王様の早馬《はやうま》と同じぐらい速いらしいぜ。でもあんま高いから旅人の誰も乗ったことがなくて、噂止まりなんだよな」

「高額、ということは領主専用の馬車などではなく、金次第で客も乗せるということですか」

「さー、しんねえ」

アルちゃんは興味津々《しんしん》だったが、それ以上は何も分からなかった。

速い速い馬車。馬を十頭ぐらい使って走っているのだろうか。それとも駿足《しゅんそく》を選《よ》りすぐっているのか。ちょっと乗ってみたい気もする。

しばらくはぬかるんだ悪路《あくろ》が続いて難儀《なんぎ》した。車輪が取られれば草や木片《もくへん》をかぶせ、馬車を押さなければならない。桜は馬の鼻面《はなづら》を撫でて宥《なだ》め、何とか動かす技を覚えた。

やがて大きめの街に出た。鉄の柵《さく》でぐるりと囲ってあり、伯爵夫人の発行してくれた手形で中に入れる。

中央には崩れかけた石のドームがあり、木材で足場が組まれ、せっせと補修中のようだ。忙しく荷車が行き交い、役夫《えきふ》の怒声《どせい》と物売りの呼ばわり声が交差している。カンカンと音を響かせる鍛冶場《かじば》、労働者相手に大鍋で煮立てたスープを売るおばちゃん、走り回る子どもはみな顔が真っ黒だ。

港街クセールの繁栄とはまた別の、騒々《そうぞう》しい熱気を感じた。

桜が何よりも驚いたのは、ドームの横にずらりと馬が並んでいたことだ。百頭、いや、もっといるだろうか。大人しくつながれているのもいれば、飼い葉をのんびり食べているのもいる。

「このドームは何の施設なのでしょう」

今まで通った街の中心にあったのは、教会や領主の館、市庁舎、そんなものだった。だが、これはそのどれとも違うようだ。とにかく忙しそうだ。

蜜蜂がパイプを吸っていた歩兵《ほへい》に尋ねた。

「こんにちは。ここは何ですか？」

彼が目を見開き、首を振ったので、蜜蜂は何度か言語を切り替えた。四つ目の言葉でようやく相手が分かってくれたようで、何か答えている。

しばらくやりとりし、蜜蜂は振り返った。

「ここは、『駅』だって。伝令馬《でんれいば》とか馬車とか集まるんだってさ」

「駅？」

「でも、普通の駅とは違ってここは特別なんだってさ。『鉄の盟主《めいしゅ》駅キエフ』で、ドームに立派な看板もかかってたんだけど、先日の嵐で吹き飛ばされたって」

「キエフ！」

アルちゃんが驚いた声を出す。夏草とユースタスも意外そうな顔で辺りを見回していた。彼らの記憶にあるキエフとはかなり違っているらしい。以前はウクライナという国の都だったそうだが街の大半は破壊され、この駅周辺だけが残存《ざんぞん》しているそうだ。

ドームからは一定の間隔《かんかく》を開けて、荷馬車が次々と出てくる。どれも巨大な荷を引いているのに、やたらと軽快だ。つながれている百頭近い馬は全て、この荷馬車のためなのだろうか。

青い制服を着た中年の男が近づいてきた。口ひげをひねりながら一行を見渡すと、一番立派な身なりをしているユースタスに世界語《シージエユー》で話しかける。

「こんにちは、私は車掌《しゃしょう》です。旅客車《りょかくしゃ》のご希望ですか」

「旅客車？」

「貨物馬車の合間に旅客車も出しております。乗り合い便ならお安いですがギュウギュウ詰めで、隣の客のゲップさえ気に障《さわ》ることになります。お客様のご身分でしたら、貸し切り車をお勧めいたしますよ」

ユースタスをお忍びの貴族と思っているらしい車掌は、しきりと貸し切り車を勧めた。地図を取り出し、この街までならいくら、とアピールしてくる。

「いや、私たちには自前の馬車があるのだ」

「ところが、鉄の盟主社の馬車はひと味違う。まず揺れずに快適、そして最速。何日も何日もゴトゴト馬車に揺られることを思えば、うちの馬車でひとっ飛びした方がはるかに楽ですよ。馬も頻繁《ひんぱん》に替えますからスピードが落ちません」

車掌は、今までの馬車はこの駅で買い取るので、目的地に着いたら新しい馬車を買うなり船に乗り換えるなりすればいいと言った。そうした買い取りや紹介事業も全て、鉄の盟主社が行っているそうだ。

最北の駅まで十日で着くと豪語《ごうご》するので、話を聞いてみることにした。さっそく蜜蜂が交渉を始める。

「貸し切り車なら人数で金高くなったりしねえすよね？　最北駅までいくら？」

砂鉄《さてつ》と三月《さんがつ》、夏草《なつくさ》も地図をのぞき込んできた。ここで日数が稼《かせ》げるならギリギリ逃げられるか、と話し合っている。

「逃げられる？」

桜が聞くと、三月が苦笑した。

「雪だよ。積もると、まー厄介」

雪は、空から降ってくる白いものらしい。

桜は見たことが無いし、蜜蜂も知らないと言っていた。雨が雪になる、と説明されてもピンと来ないが、そんなに恐ろしい敵なのか。

すると、雪と聞いた車掌が値踏みするような顔で一同を見回した。

「雪ですか。ここらはもうとっくに初雪をお見舞いされてますよ。積もるのはここ数日が勝負でしょう」

夏草が空を見上げた。北の方をじっと見つめてから言う。

「そのようだな」

「雪に閉ざされれば旅は困難です。どうです、お客様がた。一番速い、特別な馬車に乗りませんか」

――特別な馬車？

「普通の貸し切り車は、荷馬車の合間を行きます。ですが、特別な貸し切り車を出す場合は行き交う道から荷馬車をいったん引かせるんです。ガラガラになった道を最速で駆け抜ける。これが特別車です。最北駅まで五日ですよ」

その話に桜は首をかしげた。

街道の荷馬車を全てどかせる？　だが、馬の旅人は？　歩いている人は？

蜜蜂も奇妙に思ったようで桜と目を合わせたが、大人四人＋一匹が何も言わない。値段は相当に吹っかけられたようで、ボソボソと話し合っている。

結局、雪の心配もあって特別車を頼むことになった。伯爵夫人から旅の資金はたっぷり援助されていたが、かなり削《けず》られたようだ。

それでも、雪が来るまえに進みたかったと三月は言う。

「サンクト・ペテルブルクって港と運河の街なんだよね。水路はまだしっかりしてんだけど、陸路が戦争で何度もやられちゃって、ボロボロなの。陸で近づくなら急がないと」

急ぎで特別車を出してもらうことになった。鉄の盟主社専属の交渉人が呼び寄せられ、これまでの馬車は買い取り、運賃は半額前金《まえきん》、半額後金《あときん》で成立する。ただし、約束の五日で最北駅に着けなかった場合は後金は減額となる。

交渉人の差し出した紙にユースタスがペンでサインをし、砂をかけてインクを拭《ぬぐ》うと、いきなり交渉人が両手で契約書を持ち上げた。

車掌も右腕を突き上げ、大声で叫ぶ。


「特急が出るぞー！」


とたんに周囲がワッと沸いた。

兵士も、荷馬車の男たちも、鍛冶職人も、行商人も、屋台のおかみさんも。全員が腕を振り上げ、抱き合い、空に向かって「特急、特急！」と叫んでいる。鉄柵を棒でガンガン叩き、ラッパを高らかに鳴らす。

「俺たちの打った鉄が血管となる！　この大地を隅々渡り、命を与えて回っているのは、俺たちだ！」

何だか知らないが、突然にお祭り騒ぎが始まった。桜が呆然としていると、そのままドームの中に連れて行かれる。

「こちらが出発ホームです」

床に大きな溝《みぞ》があり、なぜか鉄の棒らしきものが四本、横たわっている。

車掌が笛を鳴らしながら言った。

「オーライ、オーライ！　特急のお通りだ！」

笛の合図に導かれ、奇妙な馬車がやって来た。

六頭もの馬に引かれているのだが、ずんぐりした四角い箱形だ。しかも鉄製で、正面には杖《つえ》を持った男の像が浮き彫《ぼ》りされている。桜が今まで見てきた、大きな車輪に木の部屋を乗せた馬車とはまるで違う。

「うちの自慢、鉄馬号《てつばごう》ですよ。何百年も昔のお宝で、正面に彫られているのは旅の聖人、聖クリストファーです」

桜と蜜蜂はポカンと口を開けるばかりだった。

これが、馬車？

なぜわざわざ重い鉄で、こんな箱を作る？　こんなものを引かせたら馬が可哀想では？

旅の荷物を運び込み、水や食料も補給されると、桜はようやく奇妙な鉄馬車の中に案内された。

狭い通路があり、いくつかの扉も見える。手前は小さめの居室《きょしつ》になっており、窓際にテーブルとソファ。調度に使われている布は、伯爵夫人が愛用していたドレスみたいに綺麗だ。

車掌が自慢げに言った。

「昔の調度品をなるべく残したんですよ。デザインが珍しいでしょう」

「素敵な客車だな」

そう言ったユースタスが桜の手を取り、ソファへと導いた。

座るようにうながされ、ようやく思い出す。そうだ、ユースタスから手を取られたら、桜は淑《しゅく》女《じょ》として振る舞わなければならない。美しい絹の着物を羽織《はお》っているのだから、それが当然のように振る舞わないと不自然だと教えられた。

（しゅくじょ、として振る舞うこと）

ユースタスの手に導かれてソファに座った桜だが、淑女らしからぬ表情で、口を開けて室内を見回した。車掌が制帽《せいぼう》に指を当てる。

「では、本日から五日間、車掌である私がお世話を務めさせて頂きます。なにぶん急な発車ですので準備もままなりませんでしたが、次の駅で上等のワインを運び込ませましょう。特急専属のメイドはご入り用ですか？」

「いや、結構だ」

「では、出発させて頂きますよ」

カンカンカンと高らかに鐘《かね》がなる。

気がつけばホームに人が溢れていた。

鳴り物を鳴らし、布を振り回し、大歓声を上げている。

る。

「その走りを見せてくれ！」

「特急鉄馬号！」

車掌が馬車の前方に行った。そこだけが区切られた御者台《ぎょしゃだい》になっており、馬の尻がよく見え

宙で鞭《むち》が鳴らされ、その音で馬たちが走り出した。馬車も小さく揺れた後、すうっと動き出す。全く揺れない。ガタガタと音もしない。滑《すべ》るようだ。なぜだ。

「マジ揺れねえ。何だこれ」

蜜蜂も不思議なようで、車掌の背中から伸び上がるように前を見ている。桜も彼の横から進行方向を見つめた。

馬たちは左右三頭ずつ分かれており、中央には二本の鉄棒が敷いてある。ドームを出たずっと先まで続いているようだ。

「これ……街道？」

「レールですよ、桜さん」

アルちゃんが言った。

桜の頭から身を乗り出すように、馬の脚の間に続く鉄棒を見つめている。

「馬車鉄道ですね、素晴らしい。この時代において線路を維持《いじ》しているなんて」

「うそっ、この鉄棒ずっと続いてんの⁉　何で盗まれねえんだよ、鉄だろ？」

蜜蜂が驚いて言うと、車掌が自慢そうに顎を上げた。

「鉄の盟主社は、線路の保持に多大なる努力をしておりましてね。毎日の整備もさることながら——駅を抜けたら、ほら来た」

大歓声を浴びて進み始めた鉄馬号の左右で、馬の蹄《ひづめ》が響き始めた。

桜が首を突き出して線路を見ると、馬に乗った男たちが馬車の両脇についてくる。四十人以上いるだろうか、みな屈強《くっきょう》で完全武装だ。

「我が社と契約している傭兵隊《ようへいたい》です。普段は線路のあちこちに散って見回りをしているんですが、急遽《きゅうきょ》かき集めました。鉄馬号の専属護衛なんて、あいつらにとっても美味《おい》しい仕事ですからね」

普通の乗合馬車につく護衛は二人、貸し切り車だと五、六人だそうだ。

だが大金持ちや要人を運ぶ特急鉄馬号には、鉄の盟主社が傭兵を一部隊丸ごとつける。それに王様の守護隊や大金持ちが独自に雇《やと》った兵などが加わることもあり、大地を疾走《しっそう》する鉄馬号は、群れを引き連れた渡り鳥のリーダーに見えるらしい。

「何でわざわざ、道に鉄の棒を置くの？　走りにくくない？」

「いえいえ、レールに車輪を組み合わせると摩擦《まさつ》はぐんと軽減します。普通の地面に丸い玉を転がすのと、木に溝《みぞ》を掘って滑《なめ》らかにし、そこに玉を転がした場合を考えて下さい。どちらが玉は進みますか」

「……溝がある方」

「そうです、摩擦が軽減されれば車輪の滑りはぐんとよくなります。普通の馬車の何倍もの軽さで車体を引けるのです。この車両も機械部分を抜いて極限まで軽くしてあるようですね」

とは言え、あれだけの量の鉄が地面に敷かれているなんて。犬蛇《けんじゃ》の島では小さな針が欲しくて喉《のど》から手が出そうだったのに。

車掌の話によると、鉄の盟主社はこの地方の領主たちが共同で立ち上げた会社なのだそうだ。穀倉《こくそう》地帯の領主たちと製鉄業が盛んな地方の領主たちは、以前は絶えず争っていたらしい。だが、豊かに実った小麦を遠い外国に売りたい領主と、鉄の箱と線路はあったが分断して使い物にならなかった領主は、手を組んだ方が得だと気づいた。

古代遺跡である鉄道を整備し、レール脇を走りやすいよう特別な馬車も作る。収穫された小麦や大麦は荷馬車に大量に積まれ、次々と外国へ送られる。やがて莫大《ばくだい》な収益をあげるようになり、傭兵も雇えるようになった。

蜜蜂が口笛を吹いた。

「足りねえ部分を補《おぎな》い合う。商売の基本だな」

「終着駅から船に乗り換え、今や遠いブリテン島にまで我が社の運ぶ小麦は届きます。戦争があれば価格は跳ね上がりますね」

街を抜けると馬車鉄道のスピードは上がった。

御者台から居室に戻ると、砂鉄とユースタスがソファに向かい合っていた。二人黙って、窓の外を見つめている。

（いい感じ）

ユースタスからは当初の警戒心が抜けてきた。砂鉄を旅の仲間として認めているようだ。

三月と夏草は隅の長椅子でさっきの本を開いている。夏草が指先でなぞりながら読み上げる単語の発音を、三月がいちいち直しているようだ。

ユースタスが呼んだ。

「桜、蜜蜂。窓際に来た方がいいぞ」

「窓？」

「きっと、二人が今まで見たことがないものが見える」

ユースタスがソファを立ち、桜の腕を引いた。砂鉄に向かって言う。

「君も蜜蜂と席を替わってあげたらどうだ」

「あ？　面倒くせえ」

本当に面倒臭そうに砂鉄が言うと、ユースタスは両手を腰に当てた。眉根を寄せて見下ろす。

「大人だろう、君は。十代の多感な少年少女に美しいものを見せてやりたいと思わないのか」

「そんなん思ったこた一回もねえが、坊ちゃんがうるせえから俺は退散する」

ソファを立った砂鉄がユースタスを見下ろして皮肉そうに笑うと、彼女は眉根を寄せて彼を見返した。

「何だか失敬な御仁《ごじん》だな、君は」

はは、と笑った砂鉄は壁際にもたれた。

悠然と煙草を吸う彼に、ユースタスはまだ何か言ってやりたいような顔をしていたが、気を取り直したように桜と蜜蜂の背を押した。

「もうすぐだぞ」

窓の外は緩《ゆる》やかな丘陵《きゅうりょう》で、収穫されて丸裸になった畑だった。

だが、緩いカーブを曲がったとたん、目の前が黄金色《こがねいろ》になった。

揺れる金色のさざ波。鈍《にぶ》い空から天使のはしごが降りて、そこが炎のようにゆらめいている。

桜は目を輝かせた。

「凄《すご》い、何これ、金色のお花?」

「すげー一面じゃん、寝っ転がりてえ」

蜜蜂も感嘆《かんたん》の声をあげたが、アルちゃんが不審そうに呟いた。

「嘘でしょう、今の時期に収穫されていない小麦畑なんて」

「先ほどカーブした時にちらりと見えて、私も不思議だったのです。収穫が遅れているのでしょうか」

ユースタスとアルちゃんはあれこれと難しそうな話を始めたが、桜はただ蜜蜂と窓に並んで貼り付き、黄金色の小麦畑を見つめていた。

絶海《ぜっかい》の孤島《ことう》を出て、海賊船に乗って、森を歩き回って、菜の花畑を見て。

そして今、桜はまた一つ新しい景色を覚えた。

父のことも蒼眼《そうがん》のことも、一瞬、頭から飛んでいた。

桜はただ単純に、この旅そのものが楽しかった。


特急はいくつもの駅を次々と通過した。

そのたびに傭兵隊の先頭にいるリーダーが、長い筒《つつ》のようなもので大きな音を出す。

「あれは何？」

「火薬を使った火筒《ほづつ》というものですが、花火の一種だと思って下さい。以前は武器として使われていたのですが、それほどの精度はなく、空砲《くうほう》で通過駅に合図を送る役割でしょう」

「花火って何だか分からない」

「花火、桜さんに見せてあげたいですね。火薬が手に入ればいいのですが、おそらく現代では恐ろしく高価でしょう」

どの駅でも傭兵隊長の火筒が響くたび、人々が大声やラッパ、鳴り物で大騒ぎした。特急が出ると鉄の盟主社で働く人々に一時金《いちじきん》が出るし、駅の近隣住民にも大盤振《おおばんぶ》る舞《ま》いで酒が振る舞われるので、みんな特急鉄馬号が大好きなのだそうだ。

駅と駅の間を走る時も、レールを空けるために線路脇に待機している荷馬車から手を振られた。一様に笑顔なのは一時金のこともあるだろうが、勇壮《ゆうそう》に走る鉄馬号が単純に大好きなのだろう。

日が暮れる直前、少し大きめの「赤い製鉄駅」に鉄馬号は滑り込んだ。

ホームに待ち構えていたのは鉄の盟主の一人である近隣の領主で、たくさんの酒樽《さかだる》と料理をずらりと並べている。さらには顔と胸元に白粉《おしろい》をはたき、胸の開いたドレスを着た女たち。

「あの女の人たち、寒くないのかな？」

桜が心配して呟くと、蜜蜂が呆れて言った。

「ありゃ娼婦《しょうふ》だよ。大金持ち乗せた特急が停車するってんで、大慌てでかき集めたんだろうな」

領主はへこへことユースタスに近寄り、揉《も》み手をしながら言った。

「ようこそ、お待ちしておりました！　大したもんはありませんが、酒と女ならたっぷりどうぞ。──おい、お前たち、旦那様がたを歓迎するんだ！」

領主が振り返って怒鳴ると、娼婦たちがワッと駆け寄ってきた。ユースタスには数人が群がったが、砂鉄に突進した女は無愛想《ぶあいそう》に手で追い払われている。夏草は困り顔になっており、嬉しそうにニヤニヤしているのは三月だけだ。

ユースタスは桜の肩を抱きよせ、領主に言った。

「歓迎に感謝いたします、領主どの。しかし、私の妹にあまり不道徳な宴を見せたくないのが本音です。彼女を淑女として扱って頂きたい」

――妹。

ユースタスはこの一行に探りを入れられるのをおそれ、桜を身内と言っただけだろう。貴族の息子とその妹ということにしておけば、他の男たちは旅のお付きに見える。

だが桜は、妹という何気ない一言が嬉しかった。

自分に本当の姉が出来た気がして、肩に置かれた彼女の手に、そっと自分の手を重ねる。

ユースタスは笑顔で続けた。

「領主どの。よろしければ、彼女たちは酒の相手をして下さるだけで結構とお伝え願えますか」

すると領主はひどく驚いた顔になった。娼婦による歓迎を喜ばない男がいるとは信じられない様子だが、ふいに納得したようだ。

「そりゃ、お客様のようなご身分じゃあ、ここらの田舎女はお気に召しませんかね。――よし、お前ら！　今晩の相手探しは兵隊さんの方に行きな！」

すると半数の女はサッとホームを離れ、駅の外で野営の準備をしていた傭兵たちへと駆けだしていった。蜜蜂が名残惜《なごりお》しそうに呟く。

「一番おっぱいの大きい姉ちゃん、行っちまった……」

だが半分近くはまだ、興味津々で残っている。ユースタスの凜々《りり》しい姿に、どこの王子様だろうと囁き合っているようだ。

宴の間、領主はユースタスに貼り付いておべんちゃらを振りまき続けた。「妹」と紹介された桜にも、何て可愛いお嬢様で、と繰り返す。

だが桜は、娼婦だという女性たちが桜の着物に興味を示すのが面白かった。手で撫で、指先で刺繍《ししゅう》をなぞっては、綺麗と言う。

「絹のドレスなら見たことあっけど、こんな服初めて。蝶々《ちょうちょう》やね」

どこで手に入れたかと聞かれたので、父が母にプロポーズした時に送ったものだと言うと、女たちが一斉に溜息をつく。

「そんな求愛、一度でいいから受けてみたいねえ」

「まともな男にね、タマ無しじゃなくて」

「酒と博打《ばくち》に溺《おぼ》れない、ちゃんと給料を持ち帰ってくる男ね」

「そんなの、五本脚のウサギより珍しい！」

彼女たちはドッと笑った。

白粉は浮き、ドレスは薄汚れているのだが、キエフ駅で見た人々と同様、活気に溢れている。彼女たちは自分たちの境遇を嘆《なげ》いてみせつつも、いつかのし上がってやるという貪欲《どんよく》さを感じさせた。

ユースタスはもの凄《すご》い勢いで食べながらも、領主からあれこれ話を聞き出していた。

「途中で金色の小麦畑が見えたのです。あれは収穫を逃《のが》したのですか？」

すると領主は自慢そうに言った。

「あれは、実験用の畑なんですよ。製鉄所の溶鉱炉《ようこうろ》の熱を利用して、パイプで温水を地下に流しとるんです。春小麦と冬小麦の間に、今の時期に収穫できる小麦が作れないか試行錯誤《さくご》中でして」

「ほう、それは是非、成功したところが見たいですね」

「全て、うちの製鉄技術のおかげです。溶鉱炉から安定した温水を得るのに、そりゃあ苦労しましてね」

ユースタスが興味を示すと、領主はそのパイプの見本を持ってこさせた。色んな太さがあり、温水で錆《さ》びないよう工夫されていると言う。

桜はユースタスがなぜこんな鉄の棒を見たがるのか不思議だったが、ふと気づくと、三月も蜜蜂も、娼婦相手に色々と聞き込んでいた。たわいもない噂話から、最新の戦争情報までだ。

アルちゃんが耳元で囁いた。

「娼婦はね、情報を山ほど持っているのですよ。旅人と接する機会が一番多いのは彼女たちですから」

なるほど、ユースタスも三月も蜜蜂も、旅の情報を収集していたのか。砂鉄はその役目を放《ほう》棄《き》していたるらしく、娼婦に話しかけられてもろくな返事もしないが。夏草にいたっては姿を消している。

領主はしきりと、旅の合間にうちの製鉄技術を宣伝してくれとユースタスに頼んでいた。サンプル商品ならいくらでも持っていってくれ、と鉄棒を並べ、やんわり断られている。

（領主、って仕事も色々大変なのかなあ）

お腹いっぱいになるまで食べた桜は、車掌がせっせと整えてくれた車両の個室で眠らせてもらった。

いつもは王侯貴族かよほどの金持ちしか乗らない鉄馬号とあり、ベッドもふかふかだ。ユースタスと一緒に寝たかったが、さすがに狭いので別々になった。

ふと、真夜中に目を覚ました桜が窓の外を見てみると、誰かがホームに座っていた。

夏草が蠟燭《ろうそく》を片手に、三月がブダペストで手に入れた本を読んでいるようだ。

そしてまだ大騒ぎしている傭兵たちの野営地へと、時々目をやっている。

なるほど、娼婦たちから情報収集する任務は放棄した彼だが、代わりに真夜中の見張りをやっているのか。

夏草があちら側を見張っているなら、砂鉄は逆方向を監視しているだろう。おそらくは、ユースタスから離れないようにこの車両の真上で。

——役割分担。

それはとても大事なこと。

アルちゃんはとても頭がいいので、この一行の頭脳だ。ユースタスと三月、蜜蜂は人当たりがよく、人と接する仕事に向いている。砂鉄は無愛想だが、隻眼《せきがん》のその姿だけで人を威圧《いあつ》できる。夏草はまだどういう人物かよく分からないが、手の空《あ》いた時間はずっと本を読んでいるから、きっとそういう方面に強いのだろう。

じゃあ、私は？

蒼眼を普通の人間にすることは出来る。だが、この中で最も非力で世間知らずなのは自分だ。他に何か出来ることはあるだろうか。自分の身を守れる自信はあるが、他に、何か。

いくら考えても答えは出ず、桜は眠るアルちゃんの背をそっと指でなぞると、目を閉じた。

翌朝、鉄馬号は夜明けと共に出発した。

馬も新しい六頭に替えられ、元気にいななけば白い息が煙のように上がる。蹄で通路を掻《か》く音も、早く走らせろと主張しているかのようだ。

「出発！」

車掌が鉄馬号を発車させると、傭兵隊も左右からついてきた。昨夜《ゆうべ》あれだけ大騒ぎしていたというのに、平然と馬を走らせている。元気な人たちだ。

だが、彼らが砂鉄や三月、夏草と同じ傭兵だというのが桜には信じられなかった。みな帽子に羽根飾りをつけており、上着にじゃらじゃらと金鎖《きんぐさり》や銀の勲章《くんしょう》をくっつけている。昨夜の娼婦からもらったらしい女物のスカーフを巻いている傭兵もいて、とにかく派手だ。武器もこれ見よがしに飾り立てている者が多い。

先頭の傭兵隊長が指笛を鳴らせば、彼らは一斉に剣の柄《つか》を叩いて応《こた》えた。一人が歌い出すと次々にダミ声を張り上げ大合唱になる。

線路はひたすら真《ま》っ直《す》ぐで、前後左右に地平線が続いている。ほとんど人家《じんか》は無いが、時折見える集落からは盛んに煙が上がっていた。

どこまでも続く地平線というものを、桜は生まれて初めて見た。

それは蜜蜂も同じだったようで、二人はただ黙って窓の外に見とれていた。

空が広い。流れる雲と大地の間に、太陽の光が柔らかい層を作っている。渡り鳥の群れがいくつも頭上を横切っていく。

その夜に停車した「黒鍛冶駅」でも、やっぱり鉄の盟主社の領主が待ち構えていた。無骨な顔をしている。

だが「貴族のご子息」ご一行様に娼婦は不要との連絡が行っていたらしく、何人もの武器屋を引き連れている。

「うちの鍛冶の技術はちょっとしたもんでしてな。剣も弓も斧《おの》も、その他何でもご入り用なものはすぐに作ってみせましょう」

これにはユースタスだけでなく、砂鉄、三月、夏草も興味を示した。桜も弓矢を見せてもらい、真剣に選ぶ。

傭兵たちも全員やって来て、かがり火に照らされた駅のホームは即席の刀剣市《とうけんいち》となった。蜜蜂が抜かりなく立ち回り、傭兵の代わりに値段を交渉しては仲介料《ちゅうかい》を取っている。近隣のおかみさんたちが茹《ゆ》でた肉や芋《いも》をどんどん運んでくるので、客も武器屋もそれをつまみながらの商談だ。

領主は、貴族のご子息だけでなく傭兵たちも武器に群がっている様子に大変満足な様子で、何度も「うちの鉄工技術は」と繰り返している。どうも、同盟を組んでいる領主同士でもライバル心があるらしい。

彼は、実験用の小麦畑が完成したのは「うちの技術」のおかげだと主張した。

温水をパイプで流す仕組みを考えたのは、確かに一つ前の駅の、製鉄の街の領主だ。だがパイプを複雑な形につなぎ、地下に埋め、ハンドル一つで自由に湯量を調節できるようにしたのは鉄工業のうちだ、と言う。

ユースタスは微笑《ほほえ》んで褒《ほ》めた。

「なるほど。領主がたのそれぞれの尽力《じんりょく》あってこその、あの黄金の畑なのですね」

「まあ、うちの技術が無きゃ何も出来ないわけですがね」

そのかたくなな態度に、桜はこっそり笑ってしまった。ゴツゴツした顔なのに子どもみたいだ。

「ねえ、旦那様。この素晴らしい剣と錠前《じょうまえ》はただでお譲りいたしますから、旅先でちょこっとばかり、うちの鉄工技術を広めてくれませんかね」

彼は先の領主と同じようなことをユースタスに頼んでいた。真剣な顔だ。

ワイワイと騒がしいホームを見回し、桜はふと、傭兵たちがヒソヒソと囁き合っているのに気づいた。砂鉄と三月を気にしており、どんな武器を選ぶのかと背後からのぞき込んだりもしている。

(同じ職業同士、やっぱり気になるのかな)

ユースタスは細身の剣を、砂鉄は即席で作ってもらったという太い針を、三月はナイフを手に入れて満足そうだった。その様子も傭兵たちは観察している。おそらく、この三人の戦闘力が高いことを感じ取っているのだろう。

だが彼らは、夏草のことは歯牙《しが》にもかけない様子だった。

屈強《くっきょう》な彼らから見れば夏草は小柄だし、ずっと本を抱えている。とても戦えるとは思えないのだろう。

その夏草も一人の武器屋の前に座り込んでいるので、何を作ってもらっているのか聞いてみた。

「しおり」

「……しおり?」

「本に挟む」

「へえ、そんなのあるんだ」

本に挟むなら紙や布の方がいいのではないかと思ったが、夏草が鉄製を好むのか。

夏草のしおりが出来るまでの間、彼は桜の弓矢選びにも付き合ってくれた。彼の耳にこそっと囁く。

「えと、ママの樹のことは……」

「聞いた。対蒼眼《そうがん》に限るなら威力は無くとも射程《しゃてい》が長い方がいい」

だが、普通の戦闘に使えないようでは困る。弓選びはなかなかに難しい。

夏草は桜に何本もの弓を試させた。クロスボウは威力はあるが重すぎる。長弓《ちょうきゅう》は距離は出るが桜の身長には邪魔だ。結局、鹿の角《つの》と腱《けん》を加工した複合弓《ふくごうきゅう》と呼ばれるものにした。

「取りあえずはこれでいいだろう。明日から訓練だ」

「――はい！」

この人が桜に弓を教えてくれるのか。今まで我流《がりゅう》で矢を放っていたので、先生がいるのは有りがたい。

弓選びを桜の頭上から見物していたアルちゃんが、こそっと言った。

「錆丸《さびまる》くんを訓練したのも、夏草さんなんですよ」

「そうなの？　何だか嬉しいな」

弓の訓練が始まるのにワクワクし、桜はその夜もぐっすりと寝た。

翌日も鉄馬号は大平原を駆け続けた。湖や沼が増えてきて、大地に何枚もの鏡を無造作《むぞうさ》にまいたかのようだ。収穫後の畑は黒々と掘り返され、濃い土の匂いがする。ぽつぽつと見えるのは、収穫した小麦や大麦を保管するサイロという建物だそうだ。

夕暮れになって駅に停まる時、桜は次の領主がどんなのだか楽しみで仕方がなかった。きっとその人も、他の領主にライバル心剝《む》き出しだ。

三つ目の「腹鼓《はらづつみ》駅」の領主はでっぷりと肥《こ》えており、たくさんの料理人を従えていた。

「ようこそようこそ、我が駅へ！　楽しく食べましょう、心ゆくまで歌いましょう！」

ホームには即席のかまどがいくつも用意され、大鍋がぐつぐつと煮られていた。肉や魚、野菜や香辛料《こうしんりょう》、色々と混じったたまらなく良い匂いが夕闇に充満する。これまでの駅で一番、料理に力を入れているようだ。

「私はこの駅が一番好きだな」

ユースタスがボソッと呟いた。

「だろうよ」

砂鉄が素っ気《そけ》なく相づちを打つ。桜も内心、だよね、としか思えなかった。

腹鼓駅の領主は丸く膨《ふく》らんだ自分の腹を手で打ちつつ叫んだ。

「食べることこそ生きること、脂肪は人生の金銀宝石！」

大鍋で煮られていたのは真っ赤なスープで、血を煮たのかと桜は驚いたが、ビーツという野菜の色だそうだ。中には様々な野菜とともに豚肉がごろごろと入っていた。

「ボルシチですね。世界三大スープの一つと呼ばれていました」

アルちゃんが教えてくれたので、さっそく桜がスプーンを突っ込むと、料理人から「だめだめ」と声をかけられた。

「仕上げにこいつ、サワークリームをどっさりと！」

真っ赤なボルシチの上に、白いクリームが大量に乗せられた。何かの香草もパパッと振りかけられる。

スープを一口飲んでみると、ほのかに酸《す》っぱいのに滋味《じみ》があって美味しい。クリームのとろけるところと豚肉を一緒に食べれば、口の中でギュッと肉汁《にくじゅう》が出てくる。

「美味しい！」

クセールの港でもグラナダでも、世の中にはこんなに美味しいものがあるのかと感激するほどの料理を食べた。それなのに、新しい土地に行けばまた新しい美味しいものがある。世界はなんて広いのだ。

夢中になって食べる桜の皿に、ポチャンと何かが入れられた。

隣の蜜蜂が神妙な顔で、豚肉だけを選んで桜の皿に移している。

「やる」

「……別にいいけど、蜜蜂みたいなの何て言うんだろ、えーと」

「偏食家《へんしょくか》」

アルちゃんの助け船に、桜は勢いよくうなずいた。

「そう、偏食家！　ひ弱なお坊ちゃんとかに多いってマリア婆ちゃんは言ってた」

「ひ弱じゃねえし！　肉の歯ごたえが嫌いなだけだっつーの、筋《すじ》とかあるし、噛むと獣臭《けものくせ》ェし」

「ふうむ。では、あれはどうですか蜜蜂くん」

白いチーズのようなものが乗った黒パンの薄切りをアルちゃんが尻尾《しっぽ》で示すと、蜜蜂は不審そうな顔で一切れ手にした。慎重に匂いを嗅《か》いでいる。

「やっぱ獣臭がすんな」

そう言って桜に押しつけるので、一口囓《かじ》ってみた。塩味がきつめで、ねっとりした食感だ。

美味しいのかどうかよく分からない。

「何これ？」

「豚の脂身の塩漬けです」

とたんに蜜蜂が勝ち誇《ほこ》った顔になった。

「ほらな、俺を騙《だま》して獣食わせようったって、そうはいかねーぞ」

「別に騙して食べさせようとは思っていませんが、あなたが単に食わず嫌いなのか、本当に獣臭さを感じ取って敬遠しているのか試しただけです」

「ぜってえ騙されねえかんな、蜥蜴先生」

「僕はあなたでも食べられそうな臭みが無くて柔らかい肉料理を十も二十も知っていますから。いつか騙してみせますよ」

蜜蜂とアルちゃんが火花を散らす一方、豚の脂身の塩漬けは傭兵たちに大人気だった。厚めに切って黒パンに乗せ、胡椒《こしょう》を振りかけたり生のニンニクを乗せたりしてかぶりつき、強い酒をあおっている。炙《あぶ》ったものも凍ったものも、飲んべえたちが奪い合っているようだ。

車掌もお気に入りらしく、酒はほどほどにしますからね、と言い訳しつつたらふく食べていた。

ユースタスは身分に探りを入れてくる傭兵たちをかわしつつ、逆に情報を引き出そうとしていた。三月も同様で、一緒に酒を飲みながらサンクト・ペテルブルクの現状などを尋ねている。

砂鉄は少し離れたところで一人煙草を吸っている。ユースタスから目を離さないつもりらしい。夏草はかがり火の下に座り込み、カップを片手に本を読んでいた。夜も更《ふ》けて、アルちゃんは桜の懐《ふところ》で眠ってしまう。

宴《えん》もたけなわになると旅芸人の一座が出てきた。

奇抜な扮装《ふんそう》をした彼らの滑稽《こっけい》な劇で桜は大笑いし、道化《どうけ》が転んだふりをするだけで腹が痛くなるほどだったが、蜜蜂は不審そうに言った。

「駄目だ、笑いのツボが一個も分かんねえ。お国柄ってやつ?」

「……っ…だ、だって、あの顔、面白いよ。目と口が同時にクワってなるんだよ?」

桜が涙目で訴えても、蜜蜂は溜息と共に首を振るばかりだった。

酒も料理も進んでどんちゃん騒ぎになり、傭兵たちは肩を組んで大合唱を始めた。

肥え太った領主も合唱にくわわり、酒で赤くなった顔で高らかに歌う。彼はさりげなくユースタスの肩を抱こうとしたが、間一髪《かんいっぱつ》で三月が彼女の二の腕を引く。

桜はとっさに砂鉄を振り返った。

懐に手を入れている。あれは武器を取り出そうとしていたに違いない。領主を見る目に殺気《さっき》が残っている。

(私に誰かが触ると三月が切れそうになって砂鉄が止める。ユースタスに誰かが触ると砂鉄が切れそうになって三月が止める法則……)

合唱が終わると、太った領主が演説を始めた。

「いいですか、冬にも実る小麦畑は、我が『腹鼓駅』領邦《りょうほう》の努力あってのことです! 小麦の品種改良に努《つと》め、土壌《どじょう》改善のためにトウモロコシの茎《くき》をすき込みました!」

道化のおかげで笑いの閾値《いきち》が低くなっていた桜は、その演説もおかしくて仕方がなかった。

大声で笑いたくなるのを必死でこらえる。

やはり、ここの領主も「うちんとこ」のおかげで小麦の実験畑が出来たと言っている。うちが作る小麦や大麦のおかげで鉄の盟主社は潤《うるお》い、うちの牛や豚や鶏《にわとり》で労働者たちを食べさせている。うちの農民たちのおかげで鉄の血管、レールは守られている。そんな主張だ。温水パイプを作ったのが偉い、いやそれを組み合わせて地熱装置を完成させたのが偉い、いやそもそも小麦と土壌を改良したのが偉い。さて次の領主は何と言って張り合うのだろう。実に楽しみだ。

彼もユースタスに、うちの農産物がいかに素晴らしいかを宣伝してくれと頼んでいた。焼き上がった大量のパンが、次々と鉄馬号に積み込まれていく。

ふと、桜は袖《そで》を引かれた。

夏草だ。

彼が無言でうながすので、桜は彼についていった。ホームの裏側に回る。

しばらく黙って暗い平野を眺めた。

かがり火から離れて少しすると、目が慣れてくる。夜が見渡せる。

「見えるか」

「見えるよ、普通に打てる。この月明かりなら十分」

背から新しい弓を下ろし、弦を何度か弾《はじ》いた。今までのものより少し強いが、大丈夫だろう。

夏草の手のひらで何かが燃えた。ヒュッと夜空に投げられたそれを反射的に射《い》る。

——外した。

火は地面に落ちたがすぐに燃え尽きた。かすかに焦《こ》げた臭いが漂ってくる。

「あれ、何？」

「豆の殻《から》に菜種油《なたねあぶら》を染み込ませて小石を詰めた。夜間の練習用だ」

さっきからかがり火の側《そば》で本を読んでいるだけかと思いきや、こんなものを作っていたのか。

夏草がもう一度、小さな火を投げた。

今度は反射ではなく、一息ついてから狙う。——よし。

射落《いお》とされた火は空中分解し、地面に落ちて消えた。

それから夏草は五つ、火を投げた。三つ射落とせた。

夏草が弦を少し調整し、桜の姿勢を正した。

「弓は道具ではなく自分の腕の延長上だ。そう思え」

その言葉を意識しながら矢を射ると、夏草が投げた火を全て落とすことが出来た。かなり遠くに放られても大丈夫だ。

桜の父・錆丸にも夏草が戦いの訓練を施《ほどこ》したのだそうだ。

彼もこんな気持ちだったのだろうか。少しずつ上達していく喜びと共に、もっと筋力があれば強い弓が引けるのに、と悔しくなってしまう。こんな思いをしたのだろうか。

「よし、矢を回収。寝るぞ」

「もう？　まだ打てるよ、全然大丈夫」

「駄目だ、そろそろ傭兵隊長あたりが俺たちの不在に気づく」

「傭兵隊長？」

一番派手な服を着て、大きな火筒を担《かつ》いでいる男だ。彼がユースタスにあれこれ話しかけるのは見たが、あの大騒ぎの中、桜や夏草が席を外したぐらいで気づくだろうか。

二人で落ちた矢を回収する間、夏草が説明した。

「ユースタスがどれだけ金を持っているか知りたくて仕方がないようだが、本人にも三月にもさらりとかわされる。砂鉄には話しかけても無駄。子どもなら口を割るだろうと蜜蜂を探っても、『雇われたばかりで何も知らない』を突き通す」

そう言えば蜜蜂は、領主たちにも娼婦にも傭兵にもそんなことを言っていた。通訳として同行してるだけで、ユースタスの正体については何も知らないと。

「傭兵隊長は、蜜蜂が駄目なら他の子どもから探りを入れようとするだろう。俺と桜だ」

「夏草と私？」

「どうも俺は、奴らよりはるかに年下だと思われているらしい。坊主、と声をかけられる」

淡々とそう言う彼は確かに、髭面《ひげづら》の傭兵たちから見ればずいぶんと若く見えるだろう。しかも三月が「ちゃん」付けで呼ぶので、下手をすると十代だと思われているかもしれない。

「どうして傭兵隊長は、ユースタスがお金持っているか知りたいの？」

「最終駅に着いたら給料をよこせと吹っかけるつもりだろう。鉄の盟主社との契約とは別に、急に集められたからとか何とかごねて金を要求するに違いない」

「そうなの？」

「傭兵の習性なら嫌と言うほど知っている。基本的に金に汚い」

元傭兵だった夏草が言うと信憑性《しんぴょうせい》がある。桜はクスッと笑ったが、傭兵は金に汚い、これも覚えておかなければならないだろう。

（ええと、海賊は実力主義、娼婦は情報通、領主たちはお互いライバル心剝き出し、傭兵は金に汚い……）

外の世界に出て初めて出会った様々な人種を思い浮かべ、指を折って数えた。これからもまだ、桜の知らない人たちと出会えるはずだ。

矢を回収し終えた桜は、夏草が運んできてくれた湯で体を拭《ふ》いて寝台に潜《もぐ》り込んだ。ホームではまだ騒ぎが続いていたが、すぐに眠りについてしまう。

翌日の車窓《しゃそう》は、さらに湖が増えていた。走り回る馬が遠くに見える。

出発したキエフ駅より格段に寒い。出発前に車掌が設置してくれた炭ストーブの前で、蜜蜂と奪い合うように暖《だん》を取る。

「今晩の領主さんは何を自慢してくるかな？」

「次は『駿馬《しゅんめ》駅』だそうですが、畜産《ちくさん》が盛んだそうです。車掌によると馬もこの地方で育てられているそうですから、『鉄の盟主社の馬車は我が領邦の産んだ馬のおかげ』ではないでしょうか」

馬の名産地か。

今晩、どんなもてなしを受けるだろう。馬のサーカスだろうか。馬の合唱団だろうか。それも楽しみだが、早く弓の練習がしたい。

傭兵隊長が桜や夏草を探ろうとするなら、三月や蜜蜂にその邪魔をしてもらえないだろうか。情報をちらつかせて気を引くぐらい、彼らにはお手の物だろう。

昨夜回収した矢の手入れをし、ママの樹の矢尻も丁寧に削った。蜜蜂が不思議そうにのぞき込んでくる。

「そのドングリ何だよ?」

「うーん、練習用!」

彼は、桜が蒼眼を普通の人間に出来ることは知っていても、それにこのママの樹が必要なことには気づいていない。絶対に言うなと三月に念を押されているのだ。

弓矢の練習に、こうした矢尻代わりの重しをつけて的《まと》を射るのはよくある。蜜蜂も特に不審には思わなかったようだ。

午後になると馬車内の口数は格段に減った。

夏草が石版《せきばん》に走らせる蠟石《ろうせき》の音だけが響く。

何だろう。

誰も何も言わないが、昨日までとは違う雰囲気を感じる。窓の外は相変わらずの大平原で、空も鈍い曇《くも》り空だ。はるか地平線に太陽光の梯子《はしご》が見える。なぜか勝手に緊張感を感じ取ってしまう。

そろそろ日が傾いて来た頃、ふいに異変が起こった。

桜がぼんやり眺めていた、併走《へいそう》していた傭兵隊の一部がいきなり列を離れた。

十騎ほどだろうか。スピードを上げて全力疾走し、鉄馬号を追い抜いてぐんぐん進んでいく。

レールの先へ先へと進んでしまい、あっという間に姿が小さくなっていく。

「え？」

とたんに御者台からピーッという笛の音が響いてきた。

車掌だ。警告音を発しながら、先頭を行く傭兵隊長へとしきりに手で合図を送っている。

桜は御者台に駆け寄った。

「どうしたんですか⁉」

「わ、分かりません！」

キエフ駅を出発して四日目の今日、いつもと同じように鉄馬号を護送《ごそう》していた傭兵隊が、急に一部だけ離れていったのだ。しかも、傭兵隊長に合図を送ってもこちらに寄ってこない。状況の説明をしようとしない。

どうん、と音がした。

大草原に火筒の轟音《ごうおん》が響く。渡り鳥の群れが一斉に湖沼《こしょう》から飛び立ち、キィキィと耳障《みみざわ》りな鳴き声を響かせる。

「何これ⁉」

蜜蜂も御者台に駆け寄ってきた。

車掌が制服のボタンを緩め、制帽をかぶり直す。

「ご乗車中のお客様、当便は次の『駿馬駅』を通過いたします！」

彼は叫ぶと同時に宙で激しく鞭を鳴らした。

吹きすさぶ寒風《かんぷう》の中、鉄馬号がスピードを上げる。馬から白い蒸気が立ち上り、蹄にかかった砂利《じゃり》が水飛沫《みずしぶき》のように舞い上がる。

どうん。

また火筒が鳴らされた。傭兵たちがいっせいに剣の柄を叩き、金鎖を振り回し、野卑《やひ》な声をあげる。馬の蹄と金属音が重なり、不気味な轟《とどろ》きになる。

「僕が想像していたより、はるかにせっかちな傭兵たちのようですね」

アルちゃんが呟いた。

「桜、両手を懐に入れて温めておけ。いつでも弓を引けるように」

背後に夏草が立っていた。冷静な声でそう指示し、蜜蜂にも剣を差し出す。

「そこそこ使えるとは聞いている。自分の身は自分で守れ」

「えっ、ちょっ、待って何⁉」

車両内に戻ると、砂鉄とユースタスはそれぞれ左右の傭兵隊の騎馬をじっと見守っていた。

三月は車両の扉と天井にある蓋《ふた》のようなものを確かめている。

突然、グンッと体が傾いた。

鉄馬号の速度がさらに上がり、左右に揺れながら疾走している。これまで聞いたことのない、奇妙な金属音が断続的に響いていた。

遙か地平線に夕日が傾いていく。傭兵隊の黒い影がどこまでもついてくる。車掌が必死に鳴らす鞭の音が空《むな》しく響く。

桜は両手に息を吹きかけた。

指を何度も握っては伸ばし、動きを確かめる。よし。昨夜、いくつもの火を射落としたあの感覚は鈍っていない。夜、自分は豆の殻を射落とせた。まだ日も明るい、遮蔽物《しゃへいぶつ》も無い、そして的は大きな馬に乗った大きな男たち。負けるもんか。

前方に『駿馬駅』の小さなホームが見えてきたが、車掌はスピードを緩めなかった。馬にかけ声を浴びせ、叱咤激励《しったげきれい》して全速力で駆け抜けようとする。

一瞬、桜の目にホームが見えた。

死んでいる。四人。用意されていた宴の料理は荒らされ、酒樽は火をかけられている。

――先発で抜けた十騎にやられたのだ。

くすぶる炎の中、鉄馬号はホームを突破しようとした。

だが、レールの前方に回った傭兵隊長が六頭の馬に向かって火筒を放つ。

激しい破裂音で、馬が総立ちになった。いななきが響き渡り、泡混じりの唾《つば》が飛ぶ。車体が大きく揺れ、車掌が御者台から転がり落ちた。

鉄馬号はレールを外れ、何度か左右に激しく揺れた後、ようやく停まった。

地平に沈みゆく太陽。

湖からの夕霧《ゆうぎり》。狂ったように鳴く鳥の群れ。倒れた馬たちが手綱《たづな》に絡《から》まってあがいている。

四十人の傭兵はすでに鉄馬号を囲んでいた。

観念しろ、と言いたげに、傭兵隊長が軽く顎《あご》を上げて見せる。

――私。

私に出来ること。あの鎧《よろい》にこの弓は通用するだろうか。馬。あの大きな動物にこの矢は効くだろうか。何か、私に。

「んじゃ、行ってくるね」

三月が散歩にでも行くよう気軽に言い、軽く髪をかき上げた。

それに続いて砂鉄とユースタスが立ち上がると、夏草が言う。

「今日は桜に戦いを見せたい。そのつもりで」

すると、三人は無言でうなずいた。そのまま車両から外に出て行く。

私に、戦いを見せる？

どういうことだ、と夏草を見上げると、彼は桜を窓際に据《す》えた。

「よく見ていろ。あの三人の位置取りと動きを」

蜜蜂も不安に駆られたように、夏草にぴたりとくっついてきた。両手で剣を握りしめ、桜の隣から窓をのぞき込む。

「だ、大丈夫だよな？　砂鉄と三月の兄貴たちアホみてーに強《つえ》ぇし、ユースタスも騎士様なんだろ？　な？」

「個人の技量ではなく、役割分担を見るんだ」

四十人の傭兵たちと二人の元傭兵、そして騎士は、鉄馬号を背後に向かい合った。

沈みゆく夕日が黒々とした長い影を投げかける。

砂鉄が煙草に火をつけ、マッチを振り、軽く放り投げる。

それが地面に落ちた瞬間、三月が放たれた矢のように飛び出して傭兵隊長に襲いかかった。

と、桜が思った瞬間にはもう、傭兵隊長は派手な血飛沫をあげて馬から転がり落ちていた。

宙に放り出された火筒を三月がパシッと受け止め、馬鹿にしたようにくるりと一回転させると、空に向かって一発放《はな》つ。

その音で傭兵たちの馬が一斉に浮き足立った。破裂音になど慣れているだろうに、乗り手たちの動揺が伝わったかのようだ。

次に砂鉄が煙草を挟んだ左手を軽くユースタスに向けた。

彼女もすかさず手近な傭兵に襲いかかり、左足の腱を切り払う。

ユースタスは一人一人にはとどめを刺さず、魚のようにひらひら動き回って傭兵たちの脚だけを狙っていった。馬から転がり落ちる者も、逆上して反撃したあげく返り討ちに遭《あ》う者もいる。

それでも砂鉄は動こうとしなかった。

右手では三月が傭兵を殺し回り、左手ではユースタスが脚斬り妖怪と化しているのに、悠然と煙草を吸っている。

ユースタスから脚を切られた傭兵の一人が砂鉄に襲いかかってきたが、何をどうしたのか素手で倒されていた。喉《のど》を両手で押さえ、地面に倒れてもがき苦しんでいる。

「屋根に上るぞ」

夏草が唐突に言うので、桜は驚いた。

「天井？」

「布陣《ふじん》をよく見るためだ」

車両の天井のハッチを開けると、夏草はするりと屋根に登った。

続いて桜、蜜蜂。

それまで珍しく黙っていたアルちゃんが一度だけ、気をつけて下さいね、と言った。

夏草は車両の屋根に座り込むと、自分の膝の間を指した。

「桜はここに座れ」

「ん？　夏草のお膝《ひざ》？」

「ああ」

「分かった」

男には絶対触らせるなと三月は言っていたが、夏草ならば構わないだろう。

桜がストンと夏草の膝の間に座ると、その様子を毒気《どくけ》を抜かれた顔で見守っていた蜜蜂に夏草が言った。

「お前は後方の梯子の横に伏せていろ。そこから登ってこようとする奴がいたら攻撃。それが仕事だ」

「え、俺？　つーか、この事態で何で桜抱っこしてんの、夏草のにーさんは」

「仕事」

梯子の方を指さされ、蜜蜂は不承不承ながらも離れていった。剣を片手に屋根に身を伏せている。

夏草は両手で桜の頭を挟《はさ》み、前を向かせた。

「この方角が十二時とする。時計の読み方は知ってるな」

「うん」

時計で時間を計るのはピンと来なかったが、海賊たちが方角指示に使っていたのは覚えている。前後左右細かく指示できて便利だなと思ったものだ。

「なぜこの方角が十二時だ」

「……砂鉄の視線」

そうだ、ここから見下ろすとよく分かる。

砂鉄を中心に、右手に三月、左手にユースタス。

砂鉄がマッチを放り投げると三月が飛び出した。

砂鉄が軽く左手を上げるとユースタスも敵に斬りかかった。

そして砂鉄本人は積極的に動かない。

「砂鉄が、指揮官なんだね」

「そうだ。砂鉄と三月の二人ならば、同時に動いて戦う。だが味方が三人になれば必ず指揮官は必要だ」

砂鉄が十二時。三月が二時の方角で派手に殺し回っている。ユースタスは十一時でヒラヒラとマントをはためかせている。

「傭兵たちは砂鉄のことは警戒していたが、ヘラヘラした三月のことは舐《な》めてかかっていた。まあ、それがあいつのいつもの手だが」

その三月が、真っ先に傭兵隊長を瞬殺《しゅんさつ》する。それも、夕陽に映《は》えるほど劇的に。

「三月のタチの悪いのは、敵を殺す瞬間に笑うことだ。あれを見ると大概《たいがい》の敵はゾッとする」

少人数対数十人の場合、まずは戦意喪失《そうしつ》させるのが一番効く。だが敵も手練《てだ》れの傭兵、すぐに態勢を立て直す。

「するとユースタスが細かく切り刻みに来る。これも、綺麗な制服で細身の剣の相手だ、どうせ大して使えないだろうと完全に馬鹿にしていた。その相手にいいようにやられて手も足も出ないと苛々《いらいら》し始める」

傭兵たちは馬上からユースタスに斬りかかるも紙一重《かみひとえ》にかわされるばかりで、怒りが鬱積《うっせき》しているようだった。さらにはひらりと鞍《くら》の上に飛び乗られ、怒声《どせい》をあげている。

「次はどうなる」

桜は砂鉄の視点で考えた。

いや、敵になって考えてみた。

砂鉄はどう見ても強い。手ぶらなのに余裕で煙草片手に突っ立っているし、逆に怖い。彼が指揮官なのは敵も分かっている。

だが三月も怖い。笑顔で敵を殺し、合間に馬の鼻面《はなづら》にキスしたりして挑発《ちょうはつ》している。

——ならば、ユースタス。

三人の中で一番細身で、武器も小さく、大ぶりの剣が一撃でも当たれば吹っ飛びそうだ。

「ユースタスに向かう」

「そうだ。砂鉄はそれを狙っている」

残り半数ほどになった傭兵が一斉にユースタスに襲いかかった。

「貴族は殺すな、人質だ！」

その叫びでようやく桜は悟《さと》った。こちらが持ち歩いている金ではなく、ユースタスの誘拐が傭兵たちの目的だったのか。

「そしてユースタスに一斉に向かうと、ああなる」

銀色の瞳が夕闇に輝いた。

襲いかかった傭兵たちが痺《しび》れたように硬直し、次々に武器を取り落としている。これで、残り十人。

「次は」

「え、えと」

傭兵。自分が傭兵のつもりで考えろ。

一番弱いと思われたユースタスから、謎の力で動けなくされた。毒矢でも喰らったかのようだ。怖い。必死に周りを見回す。逃げるか。十人ならまだ、徒党《ととう》を組んで馬を狩れば逃げられる距離だ。だが、目の前にはお金持ちのお坊ちゃま。戦いのプロのプライドにかけてもそれは出来ない。なぜなら自分たちはお金が大好きだ。

次は。

傭兵の視点から周囲を見回したつもりになった桜は、ようやく気がついた。

「――私だ」

「うわっ、来たっ、夏草の兄貴、登ってこようとしてる奴が！」

「頑張れ。クロスボウの敵は全て三月が殺してるから、安心して防御《ぼうぎょ》に専念しろ」

「ひーっ！」

蜜蜂が必死に剣を振るう音。桜がそちらに顔を向けようとすると、夏草からすぐに十二時の視点に戻された。

「そっちは気にするな、次は」

残り十人の敵がやけくそみたいに砂鉄に斬りかかり、音も無く倒されている。三月の派手な戦い方に比べると、なぜやられたのかさえ分からなくて不気味だ。

いや、残り十人じゃない。そのうち数人が桜たちを見上げている。

この状況で呑気《のんき》に車両の屋根に座り込み、高みの見物を決め込んでいる、弱そうな「子ども」三人。

しかも桜は絹の服を着た、「貴族の御曹司《おんぞうし》の妹」。

ふいに、いつの間にか梯子の逆側からよじ登ってきた傭兵が、雄叫《おたけ》びをあげて襲いかかってきた。

「その娘をよこ——」

との叫びは宙に浮き、彼は屋根に膝をついた。

恐怖で硬直していた桜の目の前で、彼の首筋からひと筋、真っ赤な血が流れる。

さっきから微動だにしなかった夏草の手に、いつの間にか何かが握られていた。血まみれだ。

——鉄のしおり。

倒れ込んだ傭兵から目を離せなかった。血が、鉄製の屋根に広がっていく。

「十二時」

唇を震わせる桜の顔が、再び正面に戻された。

残った敵は数騎でバラバラに逃げ出している。蜜蜂を襲っていた敵も逃げたようで、彼は屋根に大の字になって荒い息をついていた。

夕闇の中に見て取れる状況。

三月が砂鉄に煙草をねだっている。ユースタスが、君たちの体では止めた方がいいと説教している。

そして転がるいくつもの死体。

「桜。質問だ」

真後ろで夏草の淡々とした声。

「お前は戦いの状況を冷静に見ていた。こうした状況に慣れている方だろう。だが、一つ質問だ」

　桜は小さく唾を飲んだ。

　何。何を聞かれるの。

「お前は、人を殺せるか」

　私は、人を殺せるか。

「他人が戦うのを見て冷静でいられる。それはいい。お前自身の手で、他人の命を絶《た》つ覚悟はあるか」

　――今まで。

　今まで何人の女が桜の目の前で死んでいっただろう。

　病気で、怪我で、水を求めての争いで。食料を盗んで処刑された女もいる。桜は幼い頃からそれを見ていた。

　だが、私の手で誰かを殺せるか。この弱い弓で。

　それまで黙り込んでいたアルちゃんが、そっと桜の手に這い出てきた。黙って顔を見上げてくる。

　夏草が静かに言った。

「それが宿題だ。ゆっくり考えろ」

車掌《しゃしょう》は車両の下にずっと隠れていたそうだ。

戦いが終わるなり這い出てくると、手綱《たづな》に絡まってもがいていた六頭の馬を、可哀想《かわいそう》に、可哀想に、と言いながら立たせてやる。

アルちゃんが車掌に聞こえないよう囁く。

「幸い、こちらの馬は無事のようですね」

「……車掌さん、馬の扱い上手いんだね」

御者《ぎょしゃ》に対して何を馬鹿なことを、とも思ったが、さっきの戦いで半《なか》ば放心していた桜《さくら》はそう言った。

すると車掌は制帽《せいぼう》に軽く手を当て、苦笑した。

「私はね、さっき通り過ぎた『駿馬駅《しゅんめ》』領邦《りょうほう》の生まれなんですよ。うちの村の馬がなきゃ、鉄の盟主《めいしゅ》社はなーんも出来ませんからね」

冗談めかしたその言葉に、桜も思わず微笑《ほほえ》んだ。

本当はこの自慢話をさっきの駅の領主から聞くはずだったのだろう。ホームでは数人が殺されていた。残りは無事に逃げ出せたなら良いのだけれど。

「いやあ、大変な事態だ。ずっと契約してた傭兵隊《ようへいたい》ではあったんですが、慌ててかき集めた中にタチの悪いのが混ざってたみたいですね。こりゃあ我が社の上層部も大慌てですよ」

すると、馬を起こすのを手伝っていた蜜蜂《みつばち》が言った。

「じゃあ運賃の半額は値切らせてもらわねえとな。あとは慰謝料と、俺が怖かった代と、桜も怖かった代と……」

「えっ、その怖かった代を慰謝料って言うんじゃないんですか⁉ うちの馬か鉄製品か小麦で勘弁して下さいよ」

車掌と蜜蜂のやり取りに、桜も苦笑した。鉄の盟主社はきっと何度もこうした戦いを経《へ》て、大事なレールを守ってきたのだろう。

「桜～、大丈夫だった？」

血まみれの三月が近寄ってきたので、桜は彼の頬を布で拭《ぬぐ》ってやった。これは水で洗わないと無理だろう。

反してユースタスは白い制服に血飛沫《ちしぶき》一つ無かった。

「この材質は汚れが落ちにくくてな。儀礼用なので実用的ではないのだ」

だから返り血を浴びないよう、気をつけて戦っていたわけか。彼女にとってあの程度の敵は余裕だったということだ。

一応、砂鉄《さてつ》の顔も確認しようと見上げると、不審そうに煙草の端を上げられる。

「何だよ」

「砂鉄は血、浴びてない？　今からお湯沸かそうと思うけど使う？」

「あの程度の奴らで返り血なんざ喰らうか。お前のために、分かりやすくゆっくり戦ってたんだぞ」

「――」

そう言えば、最初に夏草が言っていた。今日は桜に戦いを見せたい、と。

彼の布に覆《おお》われた右目を見上げて、ふと思った。

今日は三月が砂鉄の右手に立っていた。

海賊船でもそうだった。基本的に砂鉄の見えない目を補《おぎな》う位置に三月はいた。

だが、それは今までユースタスの立ち位置だったのではないだろうか。

自分はそれを、見たことがなかっただろうか。

桜は小さな声で聞いた。

「砂鉄の三時の方角って、本当はユースタス？」

すると砂鉄の左目が少しだけ見開かれた。

その後、小さく笑う。

「お前は錆丸《さびまる》が子どもの頃より戦いの勘がいいな」

戦いの勘ではない。

ただ桜には、彼の右側に寄りそうユースタスの姿が見えたのだ。

闇の中、松明《たいまつ》の灯《あか》りを頼りに鉄馬号《てつばごう》を少し引いた。畑を守る防風林《ぼうふうりん》の横に停め、その晩はそこで過ごす。

旅の仲間と車掌だけの夜営《やえい》は、宴が三晩も続いた後だとずいぶん落ち着いて思えた。まあ、車掌がいるのでアルちゃんが話せないせいもあるだろうが。

翌日、鉄馬号がボロボロの姿で終着《しゅうちゃく》の『最北駅《さいほく》』に着くと、待ち構えていた鉄の盟主社幹部たちは大恐慌を来《きた》した。

盛大な宴を用意し、お金持ちの貴族様の機嫌を取ろうと思っていたら、まさかの傭兵隊の裏切りだ。誰が責任を取ればいいのか、どう補償すればいいのかで右往左往している。

さっそく蜜蜂が最北駅の領主に近寄っていき、契約書を見せながら値切り交渉に入った。あの調子では運賃を半額にさせられたあげく、慰謝料をふんだくられるだろう。

だが桜はそれより、最北駅から四方八方に伸びる水路が気になった。アルちゃんも肩から水面をのぞき込む。

「運河です。この辺りは湖沼《こしょう》が多いので、それを水路でつないでいるのです」

「船、いっぱいだねえ」

この旅で最初の頃に渡ったスエズ運河を思い出した。

あれほど大きくは無いが、小さな船がたくさん行き交い、人々も活気がある。まだまだ新たな運河を建設中らしく、男たちが怒鳴りながら煉瓦《れんが》を運び、木製のクレーンで水底の泥を汲《く》み上げていた。

「それより僕は寒くて仕方ありません。桜さんの服の中にいればまだましですが、頭を出しただけでも動きが鈍《にぶ》ります」

アルちゃんの訴えももっともで、桜の動きさえ鈍っていた。寒さで涙と鼻水が出るし、それを布で拭っても手が寒い。一応、出発時に伯爵夫人が用意してくれた上着も着ているが、これよりさらに北上するなら我慢できそうにない。

ユースタスが駅のベンチに座り込んでパンを齧《かじ》っていたので、桜はその横にぴったりと貼り付いた。彼女のマントに潜《もぐ》り込み、身を預ける。

「あったかいー」

するとすかさず三月が駆け寄ってきた。

「あ、桜！　何でゆすたすちゃんの方に行くの！」

彼は両腕を広げ、憤慨《ふんがい》したように言った。

「夏草ちゃんにも抱っこされてたし、次は俺の番でしょ？　ユースタスとはいつも一緒に寝てるでしょ？」

すでにユースタスの温《ぬく》もりを感じ始めていた桜が、ちょっと面倒臭いなあと思っていると、本を広げていた夏草がじっと三月を凝視《ぎょうし》していた。その顔に思いっきり、「お前は馬鹿か」と書いてある。砂鉄に至っては「本当にお前は馬鹿だな」という断言の顔だ。

そんなやり取りをしていると、蜜蜂が契約書をヒラヒラ振りながらやって来た。

「運賃、半額の後金《あときん》は無し。慰謝料はこっから乗り換えの船代で話がついたぜ」

「船？」

「鉄の盟主社が契約してる船会社があるってたろ、提携《ていけい》してんだよ。後は運河と河を下ってサンクト・ペテルブルクまで行ける」

さらに彼は、ニヤニヤしながら片手を広げた。金貨が何枚か乗っている。

「あと、これは口止め料。傭兵隊に襲われたこと黙っててくれって、必死に頼まれてさあ」

必死に頼まれて、というより蜜蜂が脅《おど》したのだろうと桜は思ったが、彼の金貨を見る目がうっとりしているので黙っておいた。まあ桜も怖い目には遭《あ》ったし、蜜蜂も必死に応戦《おうせん》していたし、口をつぐむ代わりに多少の金を頂いてもいいのかもしれない。

アルちゃんも嬉しそうに言う。

「ああ、これで冬支度を整えましょうか」

「冬支度？」

「南国育ちのあなたたちが、このまま北国の船に乗ったりしたら凍死しますよ。すぐそこに市場がありますから、冬服を買い足しましょう」

アルちゃんに促《うなが》され、桜と蜜蜂は運河市場に入った。煉瓦《れんが》造りの大きな建物で、一階は肉と魚と野菜売り場、立ち並ぶ食堂だったが、二階は服や生活雑貨品を売っている。

桜と蜜蜂はアルちゃんのアドバイスを受けつつ、ああでもないこうでもないと言いながら服を選んだ。帽子は絶対必要らしいので、目についた温かそうな物を買おうとすると、蜜蜂に止められた。

「ばっか、最初に手に取ったもん買うとかありえねーだろ。色々試して市場を三周ぐらいしてから値段交渉だ」

「そ、そんなに?」

桜にはまだ金の価値がよく分からないが、そんなに高い帽子とは思えないのだが。店番のお婆ちゃんの手作りだそうで、食堂のスープとパン一回分ぐらいに思える。

「あと、色も考えろって。自分の髪の色と合わせろよ」

「そうですよ桜さん。帽子からはみ出る髪の毛の具合は、北国の女性にとって大事なアピールポイントですから」

「だけど、あんま派手だと他の服に合わねえだろ。初めての帽子なら使い回せるのにしろ」

男二人から交互に言われ、桜は混乱してきた。

夏草からの大事な「宿題」のこともあるのに、帽子の方が大問題のような気がしてくる。

散々《さんざん》市場を歩き回り、桜は帽子と襟巻《えりま》き、手袋を買った。蜜蜂も手袋などつけるのは初めてだと言って、両手を空に上げ見つめている。

最北駅のホームに戻ると、煙草を吸っていた三月が立ち上がった。

「桜、お帰り！　帽子可愛いね～」

ん、という顔で両腕を広げるので、今度こそ桜は彼の胸に抱きついた。ぎゅっと抱き返される。

夏草が淡々と言った。

「お前は馬鹿だ。本当に」

鉄の盟主社と提携している船に荷を積み替え、最北駅から水路で出発することになった。

桟橋《さんばし》で見送ってくれる車掌に、大きく腕を振る。

「送って下さってありがとうございました！」

すると車掌も制帽を左右に振って、笑顔で叫び返した。

「『駿馬駅』領邦の馬をよろしく！　足が速くてスタミナ抜群《ばつぐん》、性質も素直ですと、旅の途中で宣伝して下さい！」

それには桜も苦笑した。

鉄の盟主社はどの領主たちも社員も宣伝熱心だ。始発から終発まで、全ての駅に活気があったのもうなずける。

船をいくつか乗り継ぎ、少しずつ北上していった。

鉄馬号の旅も楽しかったが、広い甲板《かんぱん》をあちこち歩き回れるのはよい。運河を行くのはずんぐりした船が多く、石炭という燃料で動いているそうだ。資源が枯渇《こかつ》した現在では貴重なもので、産地が近いからこそ安く運行できるらしい。

ふと、乗客に獣御前《けものごぜん》の二人連れがいるのに気づいた。ジャンへの恋文のことを思い出し、ついぎくりとする。

ある日の朝、桜が船室で目を覚ますと、船縁《ふなべり》が白くなっているのが見えた。不審に思って甲板に出る。

空を見上げると、白いものがヒラヒラと舞っていた。

「この雨、何かおかしい」

そう呟いた桜だったが、いつも何でも教えてくれるアルちゃんは懐《ふところ》に入り込んだまま動こうとしない。寒くてまだ起き上がれないのだろう。

すると、甲板に出てきた蜜蜂も灰色の空を見つめ、ふわふわ舞い落ちてくる白いものを見つめていたが、突然、目を見開いた。

「分かった、これ雪って奴じゃねえか⁉」

「ゆき？　――ああ、これが！」

大人たちが口を揃えて厄介《やっかい》だと言い、これから逃《のが》れるためなら鉄馬号に大金を払うと判断した、その雪がこの柔らかい白いもの？

桜と蜜蜂は、落ちてくる白い雪片《せっぺん》を手のひらで捕らえようとした。だが皮膚に触れた瞬間、溶けて水になってしまう。

「どうしてだろ、もっとちゃんと雪見たいのに」

「あっ、このロープに積もってるやつだと少しすくえるぞ」

二人は船上に薄く降り積もった雪を集めようとしたが、やがて、ブリキのカップを使えば雪を溜められることに気がついた。半分ほど入ったお互いのカップを見せ合う。

朝っぱらから厨房《ちゅうぼう》係に貼り付いていたユースタスも、甲板で騒ぐ桜と蜜蜂の声を聞きつけてやって来た。

「そうか、君たちは初めて見る雪だな」

「うん、凄《すご》く綺麗！」

寒さも忘れた桜が雪を集めたいと言うと、ブリキではなく陶製《とうせい》のカップを使った方が良いと教えてくれた。

「熱の伝導率《でんどうりつ》が低いからな。雪も氷も溶けづらくなるぞ」

「この雪食べてもいい？」

「うーん、腹を壊すだけだと思うが……」

と、ユースタスが渋る間もなく蜜蜂が雪に舌を突っ込んだ。

「えっ、痛《いて》え、何これ！」

「それは痛いのではなく冷たいのだ、蜜蜂。もっと気温の低い条件下《じょうけんか》で氷を舐《な》めようとすると舌が貼り付いて悲惨《ひさん》なことになるぞ、気をつけろ」

ふと、桜は思った。

これはユースタスの体験を語っているようだ。彼女はいったい、どこで生まれ育ったのだろう。

「そんなに慌てずとも、サンクト・ペテルブルクに着けば嫌と言うほど雪が見られるぞ。すでに積もっていると船長が言っていた」

嫌というほど、この白い雪がある街。

これまで見た色々な街を思い浮かべて見たが、どうしてもその姿が想像できない。この雪が集合体になるとどうなるのだろう。

アルちゃんは昼頃ようやく起き出してきて、桜の胸元で十分に暖《だん》を取ったが、まだ動けないという。

すると蜜蜂が、陶器のカップに熾火《おきび》を入れて灰をかけ、ウールの手袋で覆った即席カイロを作った。

「これでどうよ、蜥蜴《とかげ》先生」

差し出されたカップにアルちゃんを乗せると、しばらくお腹をじんわり温めていたが、やがてほうっと息をついた。

「感謝いたしますよ、優秀な通訳にして会計係にして、職人気質でもあるあなたに」

蛇行《だこう》していた河から再び真《ま》っ直《す》ぐな運河に入った。

大きな船が行き交っていて、お互いに鐘《かね》で合図を出し合っている。スエズ運河でも見た光景だ。

やがてサンクト・ペテルブルクの街が近づいてきた。

広々として見えるが、建物は戦争でかなり破壊されたそうだ。だが残っている建物に人がたくさん出入りしている。

街は全体がうっすら白く見えた。日差しは弱々しく、まだ午後も早いのに日が傾いてくる。

「あんまり色の無い街だね」

「雪国とはこうしたものです。夏はなかなか派手な色合いですよ」

街の大きさや立派さより、その白さに桜が驚いていると、カン、カンという甲高《かんだか》い音が響いてきた。

桟橋から身を乗り出した男が、長い棒のついた道具で運河の表面を叩いている。

「あれは運河に張った氷を叩き壊しているのです。気を抜くとすぐに凍結《とうけつ》して街の交通も流通も滞《とどこお》りますから、運河の手入れはとても大事なのですよ」

あんな大きな道具でないと叩き壊せないほどの氷、というのもなかなか想像が出来なかったが、それよりも桜は、真っ白な橋が気になった。橋のたもとに雪がこんもりと盛られている。

「すげー……」

蜜蜂も口をぽかんと開けて白い街を見つめていた。

運河市場で買った外套《がいとう》を着込んでいるくせに、それでも寒い寒いと文句を言っていたのだが、この雪景色を見て寒さを忘れているようだ。

桟橋に着くなり桜は船を飛び降りた。

橋のたもとの雪山に駆け寄ろうとしたが、三歩も進まないうちに仰向《あおむ》けに転んでしまう。

「いたっ」

「あはは、何やってんだよ、お先――っ！」

と笑いながら桜の横を駆け抜けようとした蜜蜂もずざっと足を滑《すべ》らせた。頭から雪に突っ込んで呆然としている。

桜はムキになって起き上がり、蜜蜂を追い越そうとしたが、今度は膝《ひざ》から転んだ。

「ぎゃっ！」

凄まじい痛さだ。絶対、血が出てる。

「さ、桜さん落ち着いて！　雪は逃げませんから――」

「桜、蜜蜂、そこは道が凍っているのだ！　脇の雪が残ってるところを慎重に歩け！」

背後からユースタスのアドバイスを受け、桜と蜜蜂はへっぴり腰で道の上に立った。

確かに、濡れているところが滑る。道の端の方は泥混じりで汚れているものの、道行く人も選んで歩いているようだ。

桜は両腕を開いてバランスを取りながら道端に寄り、壁を伝ってそろそろ歩いた。小刻《こきざ》みに歩くと転ばないことに気づき、少し大胆になって雪山へと急ごうとするとまた仰向けに転びそうになった。とっさに隣の蜜蜂の腕をつかむ。

二人同時にドサッとひっくり返り、したたかに頭を打った。

「ふっざけんなよ、何で俺まで巻き込むんだよ！」

「ごめん、先行くね！」

「あっ、てめ、このっ」

よちよちと競《きそ》い合いながら二人は進み、ようやく橋のたもとの雪山についた。ほぼ同時に飛び込み、両腕で雪をすくっては放り投げる。

曇天《どんてん》越しの鈍い陽光に、雪片がキラキラと輝いた。小山の表面は溶けかかってボソボソと穴が空いているが、掘り返すと柔らかく綺麗な雪がまだまだ出てくる。

桜が体全体で再び雪山に飛び込もうとするとアルちゃんが悲鳴をあげた。

「僕を殺す気ですか桜さん！　凍死の前に圧死《あっし》します！」

「桜、殿下を貸したまえ」

背後からユースタスの腕が伸びてきた。いつの間にか砂鉄、三月、夏草も橋のたもとまで来て、はしゃぐ桜と蜜蜂を呆れ半分で見守っている。

「犬か、お前らは」

「桜、服の中に雪が入らないよう注意してねー」

桜は上気《じょうき》した頬でアルちゃんをユースタスに手渡した。アルちゃんがピュッと、まさに「尻尾《しっぽ》を巻いて」ユースタスの懐に潜り込んでしまう。よほど怖がらせてしまったようだ。

振り向くと、蜜蜂が仰向けに雪に倒れ込み、手足をバタバタ動かしていた。その震動で少しずつ沈んでいき、顔を雪まみれにして大笑いしている。

桜も真似して、両腕を水平に伸ばしたままスーッと仰向けに倒れた。ぼふっ、と音がして雪片が舞い上がる。

横を見ると蜜蜂と目が合った。

鼻が真っ赤で唇は紫、髪は解けた雪でグシャグシャになっている。

「あははっ、クソ冷てぇ！」

それを聞いて桜も大笑いした。

きっと自分も彼のように、酷《ひど》い格好になっているのだろう。


図書館があるのは、エルミタージュ美術館と呼ばれる建物だそうだ。

「美術館？　図書館じゃないの？」

　桜がそう聞くと、三月はうーんと首をかしげた。

「元々は王宮、次に美術館、今はマンション状態かなあ」

「マンション……」

　また分からない単語が出てきた。桜が眉を寄せていると、アルちゃんが熾火カイロの上で身を乗り出す。

「美の殿堂《でんどう》、世界のエルミタージュ美術館がマンション状態とはどういうことですか？」

「ま、行けば分かるよ」

　三月の案内で街を歩いた。

　ようやく雪道を歩くのに慣れてきた桜だが、ユースタスから誰かと手をつなぐのは厳禁だと言われている。さっきのように巻き添えにするからだ。

　あちこちで知らない言葉が飛び交っている。三月と蜜蜂は理解できるようだが、桜にはさっぱりだ。砂鉄もユースタスも夏草も分からないらしい。アルちゃんは一人、目を閉じて人々の言葉に聞き入っていた。

「……古いロシア語と世界語《シージエユー》の融合《ゆうごう》。看板を見ると、文字は頑張ってキリル文字を復活させたようです」

　文字とは、民族の誇《ほこ》りなのだそうだ。それらは世界中で強引に消されてしまったが、こうしてまた芽吹《めぶ》いている。

しかし、歩いても歩いてもエルミタージュ美術館に着かない。半壊《はんかい》した壁が続き、そこに大量の雪が吹き溜まっている。

「これは……まさか」

ユースタスが目を見開いた。この瓦礫《がれき》の以前の姿に覚えがあるのだろうか。

「そ。エルミタージュは半壊しました。でも冬宮殿《ふゆきゅうでん》の表側は残ってる」

運河沿いの道を曲がると、巨大な建物がそびえていた。

あちこち崩れかけてはいるが、その大きさと立派さにあんぐり口を開ける。いったいいくつの窓があるのだろう。

「すっげー……」

蜜蜂も目を見開いていた。クセールの港街も立派だった。アルハンブラ宮殿も素敵だった。

だが、何だこの大きさは。

「これ元々の五分の一ぐらいだよ。今歩いてきたながーい壁みたいなの、あれ同じ建物」

今度こそ桜は驚愕《きょうがく》した。崩れた壁だと思っていたら、まさか、この建物の一部だったのか。

「おお、威容《いよう》を誇るこの姿。美しい外壁《がいへき》の色はあせていますが、女王そのものですね」

全員で美術館を見上げていると、夏草が小さく言った。

「早く入りたい」

桜はハッと息を飲んだ。

そう言えば夏草のために図書館を目指していたのだった。もしかして走り出したいぐらいだったのを、雪道に慣れぬ桜のためにゆっくり歩いてくれたのだろうか。

三月が苦笑した。

「ごめんごめん、さ、図書館いこ」

中に入った桜はさらに驚愕した。

もの凄い階段がある。もの凄い、としか説明のしようがなく、ぐるりと無意味に回っている。折れた石柱《せきちゅう》が橋になって、その上にはたくさんの花が並べてあった。

「あー、あの石柱、今は花屋なのか」

「今は?」

すかさず食らい付いたアルちゃんに、三月が説明する。

「このエルミタージュの建物全体を所有してんのは市なの。市っつっても六選目の市長が居座る、実質独裁国家ね。で、その市がたくさんの部屋を貸し出してんの。俺はその一室を借りて、図書館にしてるってわけ」

「なるほど。折れた石柱の上さえ間貸《まが》しして、賃料《ちんりょう》を取っているのですね」

豪華な廃墟《はいきょ》のような迷路を歩いた。廊下は布で間仕切《まじき》りされ、軽食を出す食堂が並んでいる。

それを過ぎると市役所となり、豪華な部屋は市長に独り占めされている。

やがてたどり着いた中程度の間の、立派な扉を三月は開けた。

部屋の右側にはずらりと絵が並んでいた。天井近くまでびっしりと、人物画が掛けられている。あんまり本物そっくりなので、桜は驚いた。

そして部屋の左側に、棚《たな》がいくつか並んでいた。よく見ると、本がたくさん詰められている。

「この部屋も賃料高いからね、俺が借りてるのは左半分だけ。右半分は絵を愛する金持ち爺《じい》さんが借りてる」

ユースタスが感嘆《かんたん》の声をあげた。

「見事だな、これは……片側が美術館、片側が図書館。在《あ》りし日のエルミタージュを彷彿《ほうふつ》とさせる」

夏草が早足で本棚に歩み寄った。無言で本の背に触れている。

「あ、閲覧《えつらん》ですか」

本と本の隙間から声がした。

ボサボサ髪の痩《や》せ細った男がぬうっと立ち上がり、夏草にノートとペンを差し出す。

「こちらに名前と住所、保証人。あと身分証明できるものがあれば何か、あと保証金」

ボソボソと言う彼は、夏草が戸惑っているのにようやく気づき、顔を上げた。

そして三月の顔を見て驚く。

「三月さん！」

「やあ、書物魚《しょもつぎょ》。久しぶり」

書物魚、と呼ばれた男は、ゆらゆらと妙な動きで三月に近寄ってきた。服もヨレヨレで、袖《そで》には乾燥した何らかの麺《めん》が貼り付いている。

彼は、三月に委託《いたく》されたこの図書館の管理をしている男だそうだ。

七百年前に保存した本や夏草が読みそうな本は片隅の厳重な保管庫に入れているが、それ以外の実用書などは外に並べているらしい。開架《かいか》図書、と言うそうだ。

「農業とか鉄工業とか、天文とかそういうの。つっても貴重な本だから、貸し出しはさせないけどね」

三月は最初、全ての本を保管庫に収めさせていたらしい。

だが管理人として雇った書物魚に説得され、夏草が好みそうにもない本だけはこうして表に出した。一時的に保証金を払えば、希望者には読ませるらしい。

アルちゃんが小さく呟いた。

「英断《えいだん》ですよ、三月さん。知識は共有されるべきです」

保管庫は部屋の片隅にある箱のような部屋だった。何百年も前に三月が特注で作らせたそうだ。

「はい、釣り人探偵どうぞー」

夏草がそこに飛び込んで行くと、書物魚は驚いた顔になった。

「では、あの人が図書館長？」

「そう。保管庫の本は全て夏草ちゃんのもんです」

「こ、この開架図書たちは」

「それまで取り上げたりしないよ、最近の閲覧者見せて」

三月は一応、閲覧者のチェックもしているそうだ。ノートをめくり、手を止める。

「この人たち、何度も来てるの？」

彼がノートを指さすので、桜ものぞき込んでみた。製鉄の本、鉄工の本、農業の本、畜産《ちくさん》の本。それらを何度も何度も読みに来ている四人がいる。

「はい、鉄の盟主社の領主さんがた、しょっちゅういらして勉強していきますよ」

「――」

「どれだけ頼まれても貸し出しはしないと断ると、一ページずつ手で写してました。皆さん、一、二年かかってやっと本一冊ですがね」

桜は驚いた。

あの、娼婦《しょうふ》を引き連れてきた「赤い製鉄駅」の領主。武器屋を連れてきた「黒鍛冶駅《くろかじ》」の領主。これでもかと料理を並べてみせた「腹鼓駅《はらつづみ》」の領主。そして、今回は傭兵に襲われて通り過ぎてしまった「駿馬駅」の領主。

彼らはこの図書館に何度も来ていた。そして勉強していた。

「あのオッサンら……」

アルちゃんが何か言いたそうに三月を見上げる、その目が潤《うる》んでいるように見えた。書物魚がいるので話せないが、彼は今、叫び出したいほどに感激している。

ユースタスがアルちゃんの気持ちを代弁してくれた。

「なるほど、鉄の盟主社が急成長したわけは、領主たちの努力があったからだ。いがみ合っていた彼らが手を組み、必死に勉強をし、知識を地元に持ち帰る」

彼女はにっこり微笑んだ。

「三月さん。あなたが本を開放させたからです。知識があの長い長いレールを守り、地元を発展させ、この衰退《すいたい》していく世界で人口を伸ばしている」

——知識は力。

桜はようやく、活版印刷の何が大事か分かってきた。

もし、同じ本がたくさん作れたら。領主たちがそれを地元に持ち帰れたら。

もっともっと知識は広がる。鉄は打たれ、小麦は実《みの》り、馬も増える。

その時、男の声がした。

「書物魚くん、今日はずいぶんと閲覧者が多いね」

振り返ると、黒髪の男が立っていた。

手にしているのは額縁《がくぶち》だ。

「君の図書館にこんなに人が来ること、あるんだね」

「そりゃあるさ。何と今日は、待ちに待った図書館長まで来たからね」

書物魚がムッとしたように反論したが、黒髪の男と仲は良さそうだった。

三月が笑顔で聞く。

「君は？」

「ああ、初めまして。僕は右側美術館の雇われ館長です。左側図書館の書物魚くんとは毎日顔を突き合わせる仲ですので、つい気安く話しかけてしまって」

「ああ、そう」

そう言えばさっき、美術館は金持ち爺さんが借りていると言っていた。この男はその老人に雇われた館長か。

すると、桜の隣で蜜蜂が一歩、後ずさった。

横顔を見ると真っ青《まさお》だ。目を見開き、唇が震えている。

「どうしたの？」

桜が尋ねても返事は無かった。

ただ、蜜蜂が無意識のように呟いた言葉は聞こえた。


——彼。

第六話

百合と薔薇《ばら》の少女

あなたを愛してあげたいの。

母は何度もそう言った。

アヤーズ、あなたを愛してあげたいの。もし、あなたが父上に愛されたなら、私もあなたを愛せるわ。だからきっと、父上のお目を引くようにね。

その美しい蒼眼《そうがん》に、月と星の祝福がありますように。

蒼《あお》き宝石に、もっともっと力が宿りますように。

母はそう言って、アヤーズの額《ひたい》に口づけた。

柔らかくて、ぬるりとした唇だった。後で聞いたところによると、母は唇の皺《しわ》を消すために常に薔薇《ばら》の油を塗り込めていたそうだ。アヤーズの額に移った薔薇油は、かぐわしい香りと、父への妄執《もうしゅう》を残した。三歳の時だったと思う。

だが、アヤーズは成長するにつれ、蒼眼を常時保《たも》てなくなってきた。

時に、まるで普通の人間のような目になってしまう。

緑がかった琥珀色《こはくいろ》の虹彩《こうさい》と、飴色《あめいろ》の瞳孔《どうこう》が現れ、青みがかった白目も見える。それは美しい瞳であったけれど、ごくごく当たり前の人間のものだった。

その頻度《ひんど》は少しずつ増えていった。

母は細い眉をひそめ、アヤーズの瞳が琥珀色になるたびに、頭に絹のヴェールをかぶせた。

近しい侍女《じじょ》以外には、「アヤーズはかくれんぼをしているの」とごまかしていた。

ヴェールを取れない日が多くなった。母はアヤーズを寝室に閉じ込め、伝染する病なので隔《かく》離《り》すると周囲には説明した。

だがある日、とうとう母は溜息をついた。


――あなたは、半眼《はんがん》なのね。


蒼眼の中でも、常に力を発揮できない半端者《はんぱもの》は「半眼」と呼ばれるそうだ。

父は完璧な蒼眼を持っている。

蒼眼はなかなか遺伝しないとは言われており、不思議なことに蒼眼同士が子をなしても蒼眼になることはなく、生まれたとしてもすぐ死んでしまう。

蒼眼と「ただの人間」の間にだけごく低い確率で蒼眼の子は生まれるので、必然的に、多くの人間と交わる機会の多い蒼眼から蒼眼の子が出来る可能性が高い。

たとえば、父の後宮《こうきゅう》がそうだった。

ありとあらゆる人種の女が集められていたが、なかなか蒼眼の子は出来なかった。そんな中、身分の低かった母がようやく蒼眼のアヤーズをなしたのだ。

父の威容《いよう》を立派に受け継いだ子として、アヤーズは周囲から期待されていた。母も息子を大《たい》層誇《ほこ》りに思い、身分は高いが「ただの人間」を産んだ正妻や妾《めかけ》たちを嘲笑《あざわら》っていた。

だがその息子は結局は完璧な蒼眼ではなかった。

母はアヤーズへの興味を失い、貴人の家庭教師が専門だという男に子育てを任せるようになった。

その男は漆黒《しっこく》の髪と紫の瞳を持っていた。

身分は高いらしく、長ったらしい名前があったが、アヤーズはただ「彼」と呼んでいた。周囲には他の男がいなかったので、それで十分に通じたのだ。

彼。

優しく、賢《かしこ》い男だと思われた。

だがやがてアヤーズは、彼が自身を縛《しば》る鎖《くさり》で、心臓に食い込む楔《くさび》でもあることに気がついた。

自分の髪の毛一本、爪一枚まで、アヤーズは自由に出来ない。

自分は全て、彼の所有物となったからだ。

エルミタージュと呼ばれる建物は、元は王宮、その次に美術館、半分ほど崩壊して豪奢《ごうしゃ》な廃墟となった今は、大小様々な店がぎっしり連《つら》なる「複合型商業施設兼マンション」だそうだ。これもアルちゃんの受け売りだが。

その中央部の、広間のような大部屋の左半分を三月《さんがつ》が借り、夏草《なつくさ》のための図書館としている。管理しているのは書物魚《しょもつぎょ》と呼ばれたボサボサ髪の若い男だ。猫背の痩《や》せっぽちで、口の中に砂でも詰まっているかのようにボソボソとしゃべるが、本のことを話す時だけ異様に早口になる。

そして右半分は金持ちの老人が美術品を陳列《ちんれつ》しており、無料で誰でも見学できるらしい。こちらの「館長」も若い男だが、身なりに全く構わない書物魚とはずいぶん違って見える。

桜は、美術館長だというその男をじっと観察した。

うねりの全くない黒髪は背中で一つにくくられ、さらさらと流れている。体の線に沿った細身の服を着ており、革靴は丁寧に磨《みが》き込まれて光っていた。

「シルクの織り込まれた生地《きじ》のスーツなど、この世界で目覚めてから初めてお目にかかりましたよ。あの見事な靴も、相当に腕の良い職人によるものでしょう」

アルちゃんが小声で言う。

スーツという服は桜も初めて見たが、はるか昔はごく一般的な礼装だったと解説される。今の時代ならむしろ、「古式《こしき》ゆかしい」格好らしい。

だが、桜はその立派なスーツの袖《そで》と裾《すそ》に、獣の毛がついているのに気がついた。黒っぽい生地に、白や茶色の細い毛が貼り付いている。

「美術館長のイリヤと申します。書物魚くんとはもう、二年ほど毎日、顔を突き合わせていますね」

イリヤが隣の書物魚に、ね、と微笑《ほほえ》んでみせると、書物魚は宿《やど》り木《ぎ》みたいに絡《から》まった髪をがりがりと掻《か》いた。指を折って月日を数えている。

「イリヤくんが来たのは一昨年《おととし》のクリスマスぐらいだから……そうだね、ほぼ七百日ほど一緒だね」

書物魚が髪の毛で覆《おお》われた目をイリヤに向けると、二人同時にうなずいた。仲が良さそうな仕草だった。

イリヤは興味深そうに、図書館を訪れた一行を見回した。ユースタスはともかく、砂鉄《さてつ》、三月、桜《さくら》、蜜蜂《みつばち》ともにあまり書物に縁のありそうな人物に見えないのだろう。

ユースタスが優雅に一礼して名乗ると、こちらの一行を簡単に紹介した。片隅にある「閉架《へいか》図書」保管庫にこもり中の夏草が図書館長だとも説明され、ひどく驚いた顔になる。

「図書館長って、書物魚くんがずっと待っていたっていうあの？」

「はい、さっそくお目当ての本を読みに行かれました。そして、こちらの三月さんが図書館のオーナーです」

ユースタスから紹介され、三月はうっすら微笑んだ。愛想良くイリヤに尋ねる。

「以前の美術館長は初老の男性だったけど、君に交代したの？　初めて聞いたな」

「前館長は腰を痛めて引退しました。何せ館長とは名ばかり、毎日毎日、掃除に修復、受付に追われる身ですし、体力勝負ですから。正式な職員だって、僕以外は七匹だけなんですよ」

「七匹？」

桜が思わず聞き返すと、イリヤは目を細めて笑った。大きな窓枠《まどわく》の上をそっと指さす。

「ほら、彼女が警備隊長のサーシャです」

そこにじっと潜《ひそ》んでいたのは、一匹の錆《さび》模様の猫だった。重厚《じゅうこう》な色合いのカーテンレールとほぼ同化して、指さされなければ全く分からない。彼女は金色の目でじっとこちらを見張っている。

「猫！」

「美術館にとって大敵《たいてき》はネズミでね。彼女率《ひき》いる七匹の猫警備隊の活躍で、我が館《やかた》は保たれているんです」

「警備隊には、うちも恩恵《おんけい》にあずかってて……あの子はいつもあそこにいます」

書物魚がそう言い、夏草がこもっている閉架保管庫の屋根を指さした。よく見れば、そこにも黒白模様の猫が丸くなって眠っている。カーテンレールの上のサーシャと違い、こちらは呑《のん》気《き》そうだ。

桜は目を輝かせて身を乗り出し、書物魚に尋ねた。

「七匹の中に、触らせてくれそうな猫さんはいますか？」

「えっ……えと、その」

なぜか書物魚は左右をきょろきょろと見回すと、一歩後ずさった。助けを求めるようにイリヤを見上げる。

イリヤがプッと吹き出した。

「お嬢さん、書物魚くんは若い女性と話すのに慣れていないんです。しかも、貴女《あなた》のように可愛らしい方を前にすると、動揺して舌が回らなくなってしまう」

「う、うるさいな」

ボソボソと反論しつつも、書物魚は桜からまた一歩、遠ざかった。イリヤの後ろに半分隠れてしまう。桜は呆気《あっけ》にとられたが、質問に答えてくれそうにない。

代わりにイリヤが閉架保管庫の上を指さした。

「あのフォードルなら、ピロシキの欠片《かけら》を手に呼んだらすぐ来ますよ。一番の大食らいで、見知らぬお客様に撫でられても全く気にしません」

「そうなんですか！」

「寝ている時に撫でても起きませんし、よく、暖炉《だんろ》の前でひっくり返っています。『キスキスキス』と呼べば勝手にすり寄ってきますよ」

キスキスキス、というのは、この国で猫を呼ぶ時専用の言葉なのだそうだ。その響きが妙に可愛くて、桜は絶対、フョードルに向かって呼んでみようと決心した。

「立ち話もなんですし、お茶でも淹《い》れましょう」

イリヤがそう言うと、書物魚が小さく抗議した。

「うちの図書館のお客様なんだけどね。僕がもてなすのが筋ってもんじゃないかい」

「君が毎日飲んでるのは、ありゃお茶とは呼ばない。色のついたお湯だ。僕だって久々にたくさんのお客様で喜んでるんだから、任せたまえよ」

そこでイリヤは一行を見回すと、最後に桜に目を留め、軽く微笑んだ。

「クランベリーの砂糖漬けもありますよ」

書物魚とは対照的に、実に女性慣れした様子だった。

（こういう人を、ハンサムっていうのかな？）

見たこともない不思議な紫色の瞳をしており、桜から見ても整った美形に思えるが、あまり近寄りがたさは感じない。口調も気安く、書物魚とのやり取りには微笑ましささえ感じられる。

だが、少しだけ気になることがある。

桜は、さっきから黙りこくっている蜜蜂の横顔をそっと見た。

どこか硬い表情で、唇は引き結ばれている。無意識のように胸元に手を当てているのは、彼がコートの下に提《さ》げている円形計算尺に触れようとしているのだろうか。

——彼。


イリヤを見た時、蜜蜂はそう呟いたように聞こえた。

ほとんど声にならない、囁きのようなものだったけれど、蜜蜂が息を小さく飲む音ははっきりと聞こえた。

だが、はるか遠い南国クセールで生まれ育ったという蜜蜂が、この雪国に知り合いなどいるのだろうか？

イリヤは二年前からこの美術館にいると言っていたし、蜜蜂と顔見知りとは思えないのだが。

もしかして、イリヤは二年以上前にクセールに旅したことがあったのだろうか。そこで知り合った？

しかし、イリヤは蜜蜂を見ても全く反応していない。代表して話すユースタス、図書館オーナーの三月と話しながらも、如才《じょさい》なく砂鉄や桜にも微笑みを送るが、無言の蜜蜂に対しても全く同じ表情だ。「初対面の客」に対する態度としか思えない。

妙に気になる。

桜以外の誰も、蜜蜂が「彼」と呟いたことは聞こえていないだろう。それほどに微《かす》かな声だった。

そして蜜蜂のかたくなな表情から、イリヤを知っているのか、という問いに素直に答えてくれないような気もした。しょっちゅう皮肉めいたことを口にするが、蜜蜂は基本的にはよく笑う少年だと思う。その彼の、こんな顔を見るのは初めてだ。

（後でアルちゃん……いや、ゆすたすちゃんに聞いてみよう）

なぜかは分からないが、常に桜の耳元にいて頼りになるアルちゃんより、ユースタスに報告した方がいいような気がした。

蜜蜂は通訳兼会計係として旅に同行しているだけの少年だ。いずれお別れすることになるとアルちゃんは言っていた。

だがユースタスは、その同行している「だけ」の蜜蜂を気に入っているようだ。桜の父、錆《さび》丸《まる》をどこか思い出させると、そう言っていた。

三月が夏草のために所有している図書館の、隣の美術館長を、遠く離れた異国生まれの蜜蜂がなぜか知っているかもしれない。

それにどんな意味があるのか桜にはさっぱり分からなかったが、こうした微《かす》かな引っかかりは大人に尋ねた方がいいことは、島の暮らしで学んでいた。

イリヤと書物魚は、美術館裏にある倉庫から洒落《しゃれ》たテーブルと椅子を運んできた。

椅子は揃いではなくバラバラのデザインだが、どれも真っ赤な布が貼られていたり、肘《ひじ》にキラキラした石が埋《う》め込まれたりしている。

ユースタスが驚いたように言った。

「失礼ですが、このティーテーブルと椅子は、とても普段使いとは思えない立派さですが……」

「はは、お目が高いですね。むかーしの皇帝とその家族が使っていたっていう家具です。どうせ展示する場所も無いんで、まれに身分の高いお客様がいらした時などに使っていますよ。

――美人が来た時もね」

イリヤはそう付け足し、桜に向かって軽くウィンクした。

三月から「可愛い可愛い世界一可愛い」とはいつも言われているが、面と向かって「美人」と呼ばれたのは初めてで、何となく居心地が悪くなる。

異性から褒《ほ》められた時、どう返せばいいのだろう。今は桜の髪飾りとして黙り込んでいるアルちゃんに、後で対処法を聞けばいいだろうか。

しかも、桜は腰掛けようとした椅子をイリヤからスッと引かれ、思わず転びそうになってしまった。

何でこんな悪戯《いたずら》を、と呆然と彼の顔を見上げたが、イリヤは紳士的な微笑みを保ちつつも少し戸惑っているようだ。お互い、無言で顔を見合わせる。

ユースタスが小さく咳払《せきばら》いをした。

「桜、イリヤさんは君を淑女《しゅくじょ》として扱って下さっているのだ」

――これが？

もし犬蛇《けんじゃ》の島で誰かが腰掛けようとした丸太や石をスッと引いたとしたら、殺し合いの喧嘩に発展しかねないが。

どうにも納得しかねつつ、イリヤが引いた椅子に腰を下ろした。観察する限り、女性の椅子は引くが男は放置のようだ。

書物魚が暖炉で沸かしたお湯を運んでくると、イリヤはまず自分のスーツについた猫の毛を丁寧にブラシで取り除き、華やかな紋様《もんよう》のポットでお茶を淹れた。

沈黙を貫《つらぬ》いていたアルちゃんが、堪《たま》りかねたように桜に囁く。

「あのティーセットもおそらく、もの凄《すご》い額の骨董品《こっとうひん》ですよ。皇帝が貴賓《きひん》をもてなす際に使われるようなものです」

さっきからイリヤやアルちゃんが言う「皇帝」という存在が桜にはいまいちピンと来なかったが、確か王様よりも偉い人らしい。そんな茶碗《ちゃわん》で飲むお茶は、いったいどんな味がするのだろう。

「さ、どうぞ。猫の毛が入らないよう注意はしましたが、見つけたらそっとスプーンでのぞいて下さい」

テーブルに「もの凄い額の骨董品」カップが並べられると、三月は閉架保管庫にこもっていた夏草を呼びに行った。お茶入ったよ、と呼びかけてもグズってなかなか出てこなかったが、やがて手に一冊の本をしっかりと持って現れる。

無表情は相変わらずだが、「本を読んでいたかったのに」という心情が透《す》けて見えそうだ。

ずっと読みたかった本に囲まれているのだから、好きにさせていればいいのに、と桜は思ったが、ようやく気づいた。

（あ、情報収集！）

三月はイリヤと書物魚からこの地方の情報を仕入れようとしているのだ。これまで情報収集はユースタスと三月、蜜蜂が担《にな》ってきたが、ゆっくりお茶を飲める状態ならば夏草も一緒に話を聞け、ということだろう。

会話は主に、イリヤとユースタス、三月の間で行われた。この国の天候から政治情勢、経済、他国との緊張関係など、桜には少し難しい話が続く。

砂鉄は窓枠に腰掛けたまま、さっきから一言も話さず、外を眺めている。時折、新しい煙草に火をつけるだけで、口を挟もうとはしない。

夏草も同じく黙り込んでいたが、本の表紙をちらりとめくったり、背表紙を撫でたりしている。情報収集は大事だが、早く終わらせて本を読みたいという本音が漏れているような仕草だ。

この二人は通常営業だが、桜はやはり、蜜蜂の無口さが気になった。

彼は真顔のまま、黙ってテーブルについていた。出されたお茶に手をつけようともしない彼に、ユースタスが不審そうに言う。

「どうした、蜜蜂。顔色が悪いな」

するとと蜜蜂はハッとして顔を上げた。動揺を押し隠すように笑う。

「さっき雪に飛び込んだからか、体が冷えたみてえでさ」

「確かに、君と桜のはしゃぎっぷりと来たら凄《すさ》まじかったな。雪を初めて見る人間を私も初めて見たが、二人とも顔を真っ赤にして」

すると、イリヤと書物魚が同時に言った。

「――雪が初めて?」

「知識としては知っていたけど、そんな人がいるのか」

雪国の二人はひどく驚いた顔をしていた。この国は一年の半分以上が雪に閉ざされているので、想像が出来ないらしい。桜も島にいたころは、いくら「雪」という天候現象を説明されても全くピンと来なかった。

イリヤが興味津々《しんしん》で蜜蜂に言った。

「へえ、君とお嬢さんは、どこか南の方の生まれ?」

「――え」

イリヤに顔をのぞき込まれ、蜜蜂は目を見開いた。

ティーカップを持ったまま、固まったようにイリヤの顔を見返すばかりだ。

ユースタスが眉根を寄せた。

「本当に調子が悪そうだな、蜜蜂。君はもう休みたまえ」

「あっちに僕の仮眠室がありますよ」

立ち上がった書物魚が、蜜蜂を図書館の奥へと案内していった。桜に対してはおどおどしていたが、基本的に親切な男のようだ。

「桜も雪まみれになってたけど、大丈夫？」

三月から背に手を当てられたが、桜は笑顔で首を振った。

「私は平気。このクランベリーの砂糖漬けっていうのが美味《おい》しいし。これ、果物ですか？」

「初めて食べたんですか。クランベリーの無い世界なんて僕には考えられない。お嬢さんは、どちらのご出身で？」

イリヤに何気なく聞かれ、桜が反射的にクセールの近くの島、と答えようとした瞬間、アルちゃんの爪が桜の頭皮《とうひ》に食い込んだ。

――そうだ、初対面の人間に出身地を不用心に明かそうとしたなんて、自分は愚《おろ》かすぎる。他に地名。ごまかせそうな地名。

必死に考える桜の視界の端で、何かが静かに動いた。

夏草の指が本の表紙をなぞり、作者名を指さしている。古世界語《こシージエユー》。でも、自分も幼い頃はあれを読めていた。ええと、あの文字は今の世界語ともあまり違ってなくて、発音も確か――。

「クイン島ってとこで、ここからだいぶ南の方です。とても小さな島です」

「へえ、どんなところですか」

「風が強くて雨が少ないです。あまり作物が採《と》れませんでした」

アルちゃんの爪は食い込んでこない。この程度の情報を出すのは問題ないらしい。

「水が少ない、ですか。大雪にうんざりし、毎年のように雪解《ゆきど》け水が氾濫《はんらん》するような僕たちの生活では、やはり想像ができませんね」

イリヤはもう少し南の話を聞きたがるかと思ったが、それ以上、不躾《ぶしつけ》な質問はしなかった。

ユースタスがさりげなく美術館へと話を向けると、嬉しそうに背後の絵画を説明してくれる。

「この美術館もはるか昔は、数百万点のコレクション数を誇ったそうですが、度重なる戦乱と略奪でその数も激減しました。生き残ったそれらを何とか守り抜くのが、僕の使命です」

イリヤは椅子から立ち上がると、革の手袋に包まれた手をスッと桜に差し出した。

――ええと、これはこの手を取って立ち上がれという意味だ。ユースタスから教わった。

思わず三月をチラッと見た。

不用意に桜に触れる男がいると、彼はいきなりナイフを頸動脈《けいどうみゃく》に押し当てたりする。

だが三月は得体《えたい》の知れない微笑を顔に貼り付かせたまま、動こうとしない。ただじっと、イリヤの横顔を観察している。

(素手じゃ無くて手袋越しにならら、触ってもいいのかなあ……)

どこか不審に思いつつも桜は彼の手に手を乗せた。そのまま壁の前の絵画に案内される。

「説明はしません。ただ絵を見上げて、貴女が好きだと思った作品を一枚だけ選んで下さい」

イリヤにそう言われた桜は戸惑った。

そもそも自分は、こんな「絵」を見るのが初めてだ。犬蛇の島はもちろん、クセールの港街にも無かったし、急ぐ道中でこうした「ただ美を愛《め》でるだけのもの」には出会わなかった。

伯爵夫人の城には先祖代々の肖像画が多くあったそうだが、数世代前の領主が大寒波《だいかんぱ》の時に細切《こまぎ》れにし、領民に煮炊《にた》きの材料として配ったらしい。

その逸話《いつわ》を熊御前《くまごぜん》ジャンから聞いていたので、桜は何となく「絵とはよく燃えるもの」というイメージしかなかったのだが。

それでもイリヤに手を取られるまま、桜は一枚一枚、絵を見上げて歩いた。

桜が絵を見終われば、イリヤが羽ぼうきで丁寧に掃除をする。その繰り返しだ。

正直、少し退屈に感じた。本物の人間そっくりに見えるもの、そうは見えないもの、たくさんの人物が画面に押し込まれているもの、ただ花や果物を描いたもの、色々あったが、どれもピンと来ない。

だってこれらの絵は、生きるために必要が無い。

食べられないし、武器にもならない。

犬蛇の島では食うや食わずで、これまでの旅でも飢《う》えた人々はたくさん見てきた。これらの美術品を守りたいと言うイリヤには悪いが、彼らにとってはこんな絵より、一切れのパンの方がどれだけ有りがたいことか。

内心首をかしげながら歩いていた桜だったが、ふと、一枚の絵の前で足を止めた。

若い女が赤ん坊を抱いている。ただ、それだけの絵だ。

それだけなのに、なぜか女の表情から目を離せない。赤ん坊を見つめる瞳は限りなく優しいのに、どこか寂しそうにも見える。

「気に入りましたか」

イリヤに尋ねられ、桜は女と赤子に目を釘付《くぎづ》けのまま答えた。

「……分かりません」

「分からないけど、目が離せない？」

「そんな感じ。だって他の絵は知らない人の胸から上とか、知らない風景とか花だけど、この女の人と子どもは、私も知っている気がして」

「それはね、古今東西どんな人間であれ、必ず『母』がいるからです。母に抱かれた記憶が無かったとしても、これは自分のことであったかもしれないと、誰しもが無意識に思うからです」

――母。

そうか。私はこの女の人に、亡くなった母を見ていたのか。

「ラファエロという画家です。あまたの画家により聖母子像が描かれましたが、聖母の表情は様々です。神々《こうごう》しいもの、人間じみた笑顔を浮かべているもの、赤ん坊を見ず、画面越しに絵の鑑賞者をただじっと見つめているもの。ですが、こうした表情は珍しい」

聖母子像というと、女子修道院で作られていた聖画像《イコン》に描かれていたあれか。母子が全く違う様子なので気づかなかった。

だが、一つだけ気になったことがあった。

「この女の人は、ちょっと寂しそうに見えます」

「彼女は、この赤ん坊の運命を知っていたのかもしれません。我が子であって我が子でなくなる、その行く末を」

桜はこの若い女と赤ん坊が誰なのかは、島で教わった範囲でしか知らなかった。

ただ、母の金星《きんせい》が自分を抱いた時こんな顔をしたかもしれないと思うと、たまらなく胸が締め付けられた。

少しだけ、絵を大事に守って見つめる人たちの気持ちが分かる。

見たことの無い母の顔を、自分はこれからも知ることはないだろう。

だがそれを想像させてくれる絵を見上げる時間と、一切れのパンならば、この絵を選ぶこともあるかもしれない。

「しかし残念ながら、この絵は売却が決まっているんです」

「売却？」

「美術品の保管と維持《いじ》にどうしても経費がかかりましてね。作品を大事に扱って下さるお客様には売却したり、先方の作品と交換したりもしています」

　すると、夏草の図書館の隣でこの聖母子像を見上げることは、もう出来なくなるのか。それは非常に残念だ。

　妙に心配になって尋ねた。

「この絵を買ってくれるのは、どんな人ですか？」

「蒼眼の方ですよ」

「え」

　――蒼眼。

「蒼眼の方々は自身が美しいせいか、美しいものを好みます。彼らが下等《かとう》と呼ぶ『ただの人間』が生み出した美術品でも音楽でもね」

　桜はごくりと唾《つば》を飲んだ。

　振り返らずとも、テーブルについたままの砂鉄、ユースタス、三月、夏草がこちらを注視しているのが分かった。ここは自分が上手く話を引き出さなければ。

「そ、蒼眼って美術品が好きなんですか？」

「好みますねえ。正直、有りがたいお客様ではあるんですよ、大事に保管して下さいますし。

こんな時代に道楽で芸術を保護できるのは、彼らに金と権力があるからこそでしょうね」

「……どうして、蒼眼はそんなに綺麗なものが好きなんですか」

桜が今まで見た蒼眼は、あの瞳で容赦《ようしゃ》なく人間たちを操《あやつ》り、殺し合いをさせていた。犬や鶏《にわとり》をけしかけて戦わせているかのようだった。あの残酷な彼らに、美を愛でるという気持ちがあることがどうしても信じられない。

するとイリヤは苦笑した。

「それはね、蒼眼は美しいものを愛していながら、美しいものを生み出せないのですよ」

「え？」

「芸術品を非常に愛し、審美眼《しんびがん》もある。なのに彼らはなぜか、自ら描き、彫刻を造り、音楽を創造することができないのです。だからひたすら、人間の生み出す美しきものを収集するのでしょうか」

なぜ、出来ないのだろう。

桜にはそれが純粋な疑問だった。

島の女たちは、戦いを見極められる者が自《みずか》ら強くなっていった。天候を読める者が星も読めるようになったし、植物のささいな変化に気づく者がわずかな穀物《こくもつ》を育てることが出来た。

なのに、美しい絵を眺めて過ごす蒼眼が、それと似たものをどうして創り出せないのか。

「僕はね、業《ごう》だと思いますよ」

イリヤが淡々と言った。

桜を見下ろしていた目がゆっくり上がり、聖母子像を見つめる。

「人間よりはるかに優《すぐ》れた蒼眼の、種族としての業。僕はそう思います」


アヤーズが半眼《はんがん》になったことは、宮廷ですぐ知れ渡った。

母がどれだけ隠したところで無駄だった。寵愛《ちょうあい》を競《きそ》う妃《きさき》たちは、それぞれの部屋に間者《かんじゃ》を送り込んでおり、弱みを探るのに必死だったのだ。

蒼眼《そうがん》の子を産んだことで、身分低い側室《そくしつ》から貴妃《きひ》にまで上り詰めていた母は最も憎まれており、周囲に間者はいくらでもいた。

最初にアヤーズが半眼であると密告したのは、母が最も信頼していた侍女《じじょ》だった。彼女は正《せい》妃《ひ》のスパイだった。

後宮《こうきゅう》であっという間に噂になり、正妃ほか、何人もの貴妃たちがこぞって父に訴えた。

あの身分低い女は蒼眼の子をなしたと誇《ほこ》り、うぬぼれ、貴婦人である他の妃たちを貶《おとし》めていたが、あの王子はただの半眼ではないか。何の価値も無い。

だが父は、母とアヤーズの処遇《しょぐう》はしばらく保留とした。

蒼眼ではないにせよ、王子の一人には違いない。母の身分が低いのには問題があるが、成長後の容姿や能力次第で政略結婚に使えるかもしれない。そう言って、憤《いきどお》る妃たちを黙らせた。

宮廷を追い出されなかったことにアヤーズはほっとしたが、母は居室《きょしつ》に閉じこもって外に出なくなった。周りの侍女を誰も信じられず、次第に狂っていく。

だがアヤーズは「一応の」王子として、教育を受けなければならなかった。王族、貴族の子《し》弟《てい》だけが集う書学院に通ったが、周囲の目は非常に冷たかった。面と向かって、「お前の母親、ネズミを煮て食ってた身分だって？」と出自《しゅつじ》を蔑《さげす》まれた。生徒だけではなく、教師たちからもあからさまに差別された。

それでもアヤーズが何とか勉学を続けられたのは、自分の家庭教師だけでなく書学院でも教《きょう》鞭《べん》をとっていた彼のおかげだった。

彼だけはアヤーズに対して全く態度の変わらない、たった一人の人間だった。アヤーズの詩の出来が悪ければ冷静に批評し、難しい天体軌道《きどう》の計算をこなせば褒《ほ》められた。優しくもされなければ、古い付き合いだからといって馴《な》れ合いもしない。

だが、彼だけはアヤーズを嫌わなかった。

それが当時の自分にとってどれほど貴重なことだったか。彼がいなければ自分はおそらく、思い詰めて宮廷を出奔《しゅっぽん》していたか、母と同じように狂い始めていただろう。

もし彼に嫌われたら。それは幼かったアヤーズにとって大きな恐怖ともなった。

そしてもう一つ、父がアヤーズのことを「成長後の出来によっては政略結婚に使えるかも」と考えていることも、心の支えだった。

――父の役に立てるかもしれない。

褒めてもらえるかもしれない。政略結婚でどこか知らない国へ行けるかもしれない。今まで自分を蔑んできた奴らを見返せるかもしれない。狂った母を元に戻せるかもしれない。

思春期のアヤーズにとって、それはすがりつきたいかすかな願望だった。そのために勉学にだけは真面目に励《はげ》んだ。

十四になった時、アヤーズはある少女に出会った。

外国の大使の娘で、行儀作法見習いの名目で宮廷に滞在していたが、要するに婿《むこ》捜しの口実だったらしい。

だが十三だった彼女はそんなことも知らず、初めての外国に浮かれ、好奇心で宮廷中を歩き回っていた。

後宮に閉じこもって顔を隠す女が多い中、彼女の姿は目立った。あからさまに「はしたない」と顔をしかめる重臣《じゅうしん》もいた。

それでも、中庭の糸杉《いとすぎ》の陰やバルコニーの手すり、大広間の緞帳《どんちょう》の後ろから彼女はひょいと姿を現した。

それどころかアヤーズは、蓮池《はすいけ》に興味津々《しんしん》で片足を突っ込んでいるのさえ見かけた。侍女が悲鳴をあげて駆け寄り、彼女が片方の靴を脱いでいるのを見てさらに失神しそうになっていた。

この国で、未婚の少女が人前で裸足《はだし》をさらすなどあってはならないことだった。

アヤーズは次第に彼女が気になるようになった。

周囲の目を全く気にしていないようなので、身分が高いゆえの天真爛漫《てんしんらんまん》さかと思えば、小国《しょうこく》の、そこそこの貴族でしかなかったらしい。

彼女が羨《うらや》ましくなった。

王子とはいえ、彼女と同じく大した身分ではない自分がこんなにも周囲の視線に怯《おび》えているのに、彼女はそんなものが存在しないかのように、蝶《ちょう》のように宮廷を飛び回っている。

ある日、空中庭園で初めて彼女を間近に見た。

百合《ゆり》の花から花粉を集めてはせっせと薔薇園《ばらえん》まで運んでいる。興味を持って近づいた。

「何してるの」

そう話しかけると、鼻先と手を花粉まみれにした彼女が振り返った。

「百合の雄《おす》の粉を薔薇に振りかけて、新しい花を作るの」

本気のようだった。

幼児並みの知識だ、系統の全く違う花同士で受粉《じゅふん》はしないのに。

「新しい花は出来ないよ。庭師に叱られるから止《や》めた方がいい」

すると彼女は、とても淑女らしからぬ表情でニカッと笑った。

「どっちにしろ悪戯《いたずら》だもん、叱られたっていいよ」

アヤーズは首をかしげた。

今まで一度も会ったことがないタイプの人間だったので反応に困ってしまう。

だが、一つだけ聞くことがあった。

「君、名前は？」

彼女は花粉まみれの鼻先に皺《しわ》を寄せて笑ったまま、答えた。


「リルリル」


砂鉄《さてつ》は美術館側の窓際に片膝を上げたまま、氷の張りつつある運河を見つめていた。もう少しすれば厚い氷が水路を覆《おお》い、行き交《か》うソリやスケートで遊ぶ人々が現れるだろう。

見るともなく運河を見つめながら、耳だけは背後の会話を聞いていた。イリヤという男が、砂鉄にとっては実にどうでもいい芸術談義などをしており、桜《さくら》が一生懸命それに答えている。

だが一つだけ、イリヤの発した言葉で砂鉄の耳に引っかかるものがあった。

——種族としての業《ごう》。

芸術品を生み出せないのは、蒼眼の業だろうとイリヤは言った。だが絵を描けない、音を紡《つむ》げない、それよりもっと深い業が蒼眼の短命さだ。三十年も生きられない。

砂鉄は煙草を挟んだ指で、自分の顎を軽く撫でた。

桜と出会い、新たな旅が始まってから、この癖がついてしまった。三月《さんがつ》も似たようなもので、つい前髪の長さを確かめてしまうそうだ。

七百年世界をさまよった自分と三月と、おそらく生きているであろう伊織《いおり》。これもまた、金《きん》星《せい》に関わった運命による業を背負っている。

そして、大事なことがもう一つ。

砂鉄はテーブルにつくユースタスをちらりと見た。

その隣の夏草《なつくさ》。七百年の眠りから覚めたばかりの二人。

ユースタスの髪の長さではよく分からない。だが、夏草なら。

彼らもまた、業を背負っているのか。

それとも――。

「やあ、これはお客様のカップが空いていることにも気づきませんで」

美術鑑賞を終えたイリヤがこちらに近づいてきた。

お湯のポットに手を伸ばそうとするのを、ユースタスがやんわりと止める。

「いえ、もう結構です。大変に美味《おい》しいお茶を頂《いただ》き、我々も温まりました」

その後も二人はなんだかんだとやりとりをしていたが、上品な世界で生まれ育った人々というのは、お茶を断って席を立つ時さえこうした会話をしなければならないらしい。うるせぇ帰る、の一言でいいと思うのだが。

その間、夏草は三月と共に再び閉架《へいか》図書を漁《あさ》っていた。

夏草にとっては血液にも等しい「未読《みどく》の本」、しかも七百年前の古世界語《こシージェユー》で書かれたものがたくさんある。無表情のまま、内心は狂喜していることだろう。

――それに、あれもある。

イリヤと書物魚《しょもつぎょ》にいったん別れを告げた一行は、三月がエルミタージュで定宿《じょうやど》にしているという棟に向かった。粉々になった陶製《とうせい》人形を踏み越えながら、彼が言う。

「商業施設？　みたいな辺りはクッソ高くてねー。崩れかけてる中でもあんま危険そうじゃないとこ選んで泊まってる」

天井が崩れて雪が舞い散る回廊を進み、瓦礫《がれき》だらけの区画へと進む。広すぎる中庭に、崩れた彫刻が積み上げられているのが見えた。

砂鉄は七百年前までに、世界的に有名な観光地だったこの場所に来たことはなかった。おそらく、傭兵業《ようへいぎょう》の三月や夏草も同じだろう。

だが、ユースタスと蜥蜴《とかげ》のアルベルトは、半壊《はんかい》したエルミタージュを驚きと悲しみの目で見守っていた。身分の高かった二人はきっと、何度かここを訪れたことがあるのだろう。

砂鉄は前を行く三月の背中に問いかけた。

「三月。前にここに来たのはいつだ」

「四年前。ここは俺が集めた本の集積所《しゅうせきじょ》でも最重要箇所《かしょ》だから、わりとマメに通《かよ》ってたんだけど、最近は交通事情が悪すぎてねー」

四年前か。

ならば、二年前に美術館の館長になったというイリヤを、三月が警戒する理由は無いはずだ。書物魚から定期的に手紙などで報告を受けていたとしても、重要なのは保管された書物が無事かどうかだけだろう。わざわざ「隣の美術館長が替わりました」などと書くとは思えない。

だが、三月はなぜかイリヤを警戒しているように見えた。あとで理由を問いただそう。

案内されたのは、元は舞台の楽屋だった部屋だそうだ。

内装も何もかも剝《は》がれ、壁には大きなヒビが入っているが、一応修復されている。楽屋だった面影《おもかげ》が残るのは、そこかしこに転がる鏡の残骸《ざんがい》と、服を着せかける木製の人型だけだ。

爺《じい》さんだか婆《ばあ》さんだかよく分からない管理人に宿泊料を払うと、彼（か彼女）はのそのそと毛布を運んできた。清潔なものは二枚しかないので、もし使いたければ裏に放置してある使用済みを勝手にどうぞ、だそうだ。

当たり前のようにその二枚はユースタスと桜に使わせることとなった。舞台の下手《しもて》側にもう一つあるという小さめの楽屋を女部屋ということにする。

荷物を下ろし、やれやれと一息ついていると、それまで珍しく大人しかったアルベルトがふいに言った。

「蜜蜂《みつばち》くん、少し休まれてはいかがですか。まだ顔色が悪いですよ」

離れた壁際に一人座り込んでいた蜜蜂は、名を呼ばれて弾《はじ》かれたように顔を上げた。確かに、唇まで真《ま》っ青《さお》だ。

「こちらの部屋は騒がしいですから、ユースタスと桜さんの部屋で横にならせてもらえばいいのでは」

それには三月がピクリと反応したが、アルベルトは構わず続けた。

「桜さん、少し蜜蜂くんの様子を見てあげて下さい。あなたは医師や薬師《くすし》のいない島で育ったのですから、基本的な看病は分かりますね」

「もちろん！」

しっかり桜がうなずくと、三月が抗議の声をあげようとしたが、夏草が彼の腕をそっとつかんだ。目だけで「黙れ」と言っている。

三月としては、桜と蜜蜂を二人きりにさせることなどとんでもないのだろう。

だが彼の桜に対する過保護さよりも、今はもっと大事なことがある。

——鎖様《くさりさま》の論文だ。夏草のための本と共に、七百年の間、閉架図書室で大事に保護されてきた。

七百年前の世界で、「成長しない子ども」が少しずつ出現しだしたこと。桜がそれを癒《い》やし、成長を促《うなが》すことが出来たこと。

さらには、桜がいったん姿を消さなければならなかった理由。医師の資格を持っていた鎖様がそれらを考察し、統括《とうかつ》し、まとめた論文だ。真っ先に読みたい。

ユースタスも三月をなだめた。

「蜜蜂には温かい飲み物を飲ませて、少し眠らせた方がいいだろう。それまでは私が見守っておきます」

でもその後は二人きりにするんでしょ、と不満げな三月だったが、やがて不承不承うなずき、真剣なおももちで自分のナイフを桜に手渡した。

「桜、人間の急所って分かってる?」

とたんに三月の脇腹に夏草の拳《こぶし》が入った。うっ、と小さな声があがる。

桜はよく意味も分からないまま、三月のナイフを受け取った。単なる護身用のつもりらしく、弓だけじゃなくてこういうのも結構使えるよー、と呑気《のんき》に答えている。

ユースタスと桜が無言の蜜蜂を連れて女部屋へ向かうと、アルベルトが溜息をついた。

「三月さん、ご心配は分かりますが、今は桜さんと蜜蜂くんを遠ざけるのが重要です。蜜蜂くんに論文の存在を知られるべきではありません」

「でもー。蜜蜂には薬でも盛って、桜はこっちの部屋に置いとけばいいじゃん」

「七百年前の論文を読むのはまず、鎖様とその頭脳を知っている我々だけにすべきです。論文を読み解き、内容をよく論議してから、桜さんにはそれを噛《か》み砕《くだ》いて説明した方がいいでしょう」

それでも三月はなんだかんだと駄々をこねていたが、やがて夏草が淡々と言った。

「三月。お前が十代の頃と蜜蜂は違う」

「――」

「昔の自分と比べるから心配しすぎになるんだ。蜜蜂はそれなりに理性と節度《せつど》のある少年に見える。大丈夫だろう」

相棒の言葉で、ようやく三月は黙った。要するに昔の三月は理性も節度も無い、女とみれば手当たり次第の狼だった、と言われたようなものだ。

しばらくしてユースタスが戻ってきた。

「温かいワインを飲ませたら、ようやく蜜蜂は眠ったぞ。何やら妙に緊張していたが、長旅で気が張り詰めていただけだったのかもな」

ようやく昔の鎖様を知る人間＋蜥蜴だけが集《つど》い、鎖様の論文を開くこととなった。

大人四人がいっぺんに読むことは不可能なので、まずはこの世に目覚めたばかり組、ユースタスと夏草、アルベルトがさっと目を通す。何やら図形や表が記《しる》してあり、細かい注釈も入っているようだ。

夏草がページをめくる手は速かったが、時々、アルベルトが停止させた。ページに降り立ち、注釈部分を熱心に読み込んでいる。

「そう言えば殿下は、ある程度の医学の知識があるとおっしゃっていましたね」

「ある程度、ですが。その辺の医大生ぐらいのものです」

二人と一匹がかなりの時間をかけて論文を読み終えると、砂鉄と三月に手渡された。

「あなた方が論文を読む前に、僕の所見《しょけん》を述《の》べるつもりはありません。七百年の世界の変化を肌で感じてきた側として、素直に感想を述べて頂きたいからです」

論文というのは、大雑把《おおざっぱ》に言えば序論《じょろん》、本論、結論から成り立っているそうだが、自分と三月が読むのは序論と本論のごく一部、結論だけでいいと言われた。本論の読むべきページにアルベルトが紙切れを挟み込んでいく。

さて、七百と三十数年生きてきて、生まれて初めて読む研究論文とやらはどんなしろものか。砂鉄は三月と顔を突き合わせるように、論文を読んでみた。当時の世界語《シージエユー》など久しぶりすぎて、思い出すのに時間がかかってしまう。

三月も同じだったようで、古世界語の単語に四苦八苦していた。

「あー、この単語なんだったっけ、えと、並べる、じゃなくて……」

「比べる、です」

「そうだった！　聞けば分かるのに、文字になるとあれーってなるな」

何とか二人で結論まで読み終えると、ページに鎮座《ちんざ》したアルベルトがこちらを見上げた。

「さて、お二人の素直な感想を聞かせて下さい。読んで真っ先に思ったこと、それだけで結構です」

砂鉄は三月と共に、しばらく考え込んだ。

第一声。自分は何を思っただろう。

砂鉄は結論の上からアルベルトを追い払い、もう一度、序論を読んでみた。そして結論のページに戻る。

「大体、合ってる」

「うん、俺もそんな感じ」

三月もうなずいた。結論の文章を指でなぞる。

「『成長しない子どもたち』は、人為的《じんいてき》に現世《げんせ》に投下《とうか》された存在であり、人類ではない。いずれ人類生息地において生物学上の人類の競合《きょうごう》相手となり得る。……凄《すご》いな、鎖様、未来のことなーんも知らなかったはずなのに大筋で正解じゃん」

七百年前から出現しだした成長しない子どもたちは百年、二百年と経《た》つうちに少しずつ増え、やがて二十歳ほどで成長を止める者が増えてきた。

そして五十年ほど前に蒼眼が出現し、恐ろしい力を発揮するようになった。

鎖様はさすがに蒼眼の能力までは予測していなかったが、「成長しない子どもたち」が何らかの進化を遂《と》げ、人類の競合相手となった場合、桜の「癒やし」の力が逆に攻撃能力にもなるだろうと推測している。競合相手だったものが、桜によって逆に「普通の人類」にされてしまうからだ。

「大筋で合っている、砂鉄さんと三月さんの素直な感想がそれならば、僕も自信を持って所見を述べられます。――この論文で最も重要な部分は、人類の競合相手、つまり蒼眼の一族がこの世に『人為的に』投下された、という部分です」

人為的に。

その言葉が砂鉄は引っかかった。

「人」という文字を含むこの単語だが、人に「人類の競合相手」を現世に投下する、なんて真似が出来るのか？

アルベルトは論文の上でくるりと一回転すると、さて自分に注視《ちゅうし》、と言わんばかりに四人を見回した。蜥蜴なのに、ひどく真剣な表情なのが分かる。

「ここからは僕しか知らない情報です。金星特急の旅における最後の島で、金星《きんせい》さんから直接聞きました」

金星は超自然的な力を持つ、正真正銘の女神だった。

だがそれは、「さらなる上位の存在」からこの世に「配置」されたかららしい。

女神は数百年に一度、歴史を少し変えるのが仕事だった。「さらなる上位存在」による実験

のためだ。悠久《ゆうきゅう》の長い年月の間、金星はたまに現世に降り立ち、歴史の分岐点《ぶんきてん》を作るという仕事を淡々と続けてきた。

だが金星は、ある日、錆丸《さびまる》に恋をしてしまった。

よりによって、実験の媒体《ばいたい》である人間に対してだ。

金星の恋は暴走し、世界は大混乱に陥《おちい》り、「さらなる上位存在」の実験は滅茶苦茶《めちゃくちゃ》になってしまった。

「例えば悪いですが、実験者である金星さんは、シャーレで培養《ばいよう》された菌《きん》の中から錆丸くんというたった一つの存在を見いだし、勝手に干渉《かんしょう》したのです。おかげでこの世界というシャーレは汚染《おせん》されてしまった」

汚染されたシャーレ、つまりこの世界は「さらなる上位存在」から放棄《ほうき》されるだろう。それだけであり、何も変わらない。

あの時、金星はそう言ったそうだ。

「僕はそこまで教えてもらった代償に、命を落としました。まあこの世ならざる者たちの会話を知ったのです、当然ですね」

アルベルトはけろりと笑ってみせたが、ただ「全てを知りたい」という知識欲のためだけに自《みずか》らの命を捧《ささ》げたこの男もまた、大層《たいそう》イカれていると思う。学者の生き様とはこうしたものなのか。

「ですが、金星さんの『この世はただ放棄されるだろう』という予想は外れました。『さらなる上位存在』は汚染されたシャーレを放棄するのではなく、綺麗にして再利用しようと考えたのです」

ここからは僕の推測ですが、と前置きしてアルベルトは言った。

金星が実務を行った実験者だとすれば、「さらなる上位存在」は研究者そのものだ。研究者はシャーレを再利用するため、人間の歴史を、つまり人間そのものを綺麗さっぱりこの世から消し、再スタートさせようと考えた。

そのため、人間の競合相手となりうる蒼眼の一族をシャーレに投下した。

シャーレの中で培養されてきた人間という菌を、もっと強い菌で殺してしまう。その後、何らかの方法でもっと強い菌の方も排除すればシャーレは元のように綺麗になる。

「つまり、研究者が下手くそな実験者の尻拭《しりぬぐ》いをしようとしたという形です」

だが恋する実験者である金星は、研究者によるシャーレの再利用も一応頭の隅には入れていた。

その場合、自分が愛した錆丸とその世界、さらには最愛の娘・桜までが「排除」されてしまうこととなる。

そのため、万が一研究者がシャーレの再利用を考えた時のために桜に「能力の種」を植え付けておいた。

ただこの世界が放棄されるならば構わない。

だがもし、研究者が人間の競合相手をシャーレに投下したならば。

――桜の能力は目覚める。

「成長しない子どもたち」に触れた桜は、蒼眼に対する唯一の強力な武器となり、汚染された世界《シャーレ》を守る。

「金星さんにとっては、自分が歴史をねじ曲げてしまったこの世界そのものが大事な子どもです。錆丸くんと出会い、恋をし、桜さんを産んだ。その世界を何がなんでも守りたかったのでしょう」

そこまで一気にしゃべったアルベルトは、ふうっと溜息をついた。ユースタスが差し出した小皿からチョロチョロと水を飲み、一同を見回す。

「まあ、僕の推測ですがね。ちなみに、僕がかたくなに『さらなる上位存在』という単語を使い続けるのは無神論者だからです。奇妙ですよね、金星さんという女神の存在はあっさり認めてしまっているのに」

この蜥蜴の信仰論《しんこうろん》などどうでもいいが、ようやく終わった長い話を聞き終え、砂鉄は肩をすくめた。

「で、その実験やらなんやらの話を聞いて、これからの俺たちの行動に何の影響がある?」

人間の競合相手である蒼眼を倒す、そのために残る錆丸と伊織を捜す、そして桜を守る。その目的は全く変わらない。

するとユースタスが剣の柄《つか》に手を置き、ふわりと微笑《ほほえ》んだ。

「戦略における行動目的のさらにその先、最終勝利条件がはっきりしたではないか。我々は、亡き母が守りたいと願ったこの世界と、そのための強力な武器、桜を守る騎士《ナイト》というわけだ」

三月も、実に軽い調子で言った。

「まー、その上位存在とやら何やらを直接殺しに行けたらいいんだけど。それ無理？」

「無理でしょう。培養ゼリー上で繁殖《はんしょく》した菌の数体で、実験室にいる誰かを殴れると思いますか？」

即答したアルベルトに、三月はハハ、と笑った。でもソイツ刺し殺したいーなどと希望を述べている。

夏草はしばらく考え込んでいたが、やがて顔を上げた。

「俺も、これからの行動に何の変わりも無いという砂鉄の意見には賛成だ。ただ、錆丸を起こすことで採用できる戦略の幅が広がるかもしれない、という希望は持てる。――それに」

彼は抱えてきた本の山に手を置き、静かに言った。

「シャーレの世界に本を復活させたい。俺自身のために」

四人の意見が出そろうと、アルベルトは満足そうにうなずいた。

「僕の推論を知ったところで、あなた方騎士《ナイト》の行動は何ら変わらず、強固な意志に基《もと》づいている。それを聞けて安心しました」

そこで秘密の会合は終了となった。あまり長々と話し込んでは、桜や蜜蜂がこちらにやって来るかもしれない。

ユースタスがスッと立ち上がり、マントの埃《ほこり》を払った。

「では、蜜蜂と桜の様子を見てこよう。三月さんを安心させるためにも」

彼女が去ると、砂鉄はどちらからともなく三月と目を見交わせた。

六人もの旅だと、秘密の話が増えていく。

蜜蜂には聞かせられない話、桜にも聞かせられない話。

――そして砂鉄の記憶を失ったユースタスにも聞かせられない話。

ここからは砂鉄と三月、夏草、そしてアルベルト一匹だけの話だ。

三月はふいにニコリと笑い、夏草の顔をのぞき込んだ。

「夏草ちゃん。髪、伸びた？」

「は？」

戸惑う夏草に、三月は「んー？」と首をかしげてみせる。七百と三十数歳の男がかわいこぶってどうするんだ、とは思うが、まあこれが彼の覚悟――緊張を和《やわ》らげるためなら仕方が無い。

「菜の花畑で起きてからさ、髪、伸びた？」

「……分からん。普段から髪なんか意識しない」

「でも俺、見てたんだよね。夏草ちゃんの髪は伸びるかなーって。あ、俺だけじゃなくて砂鉄もね」

三月は夏草の前髪に手を伸ばし、軽く引っ張った。短めだが、素直な直毛《ちょくもう》なので長さが分かりやすい。

「伸びてんだよね。耳んとことかもちょっとずつ」

「当たりま――」

そう言いかけて、夏草の言葉は宙に浮いた。

彼の目が少しずつ少しずつ、大きくなっていく。

「まさか」

「そのまさかなのー」

三月は苦笑しながら砂鉄を見ると、再び夏草の目を真っ直《ます》ぐ見て言った。

「俺と砂鉄は、桜と出会ってからも髪が伸びない。爪もね」

夏草が小さく息を飲んだ。

アルベルトは無言でこちらを見上げている。

「七百年間、ずっとそうだった。散髪《さんぱつ》も髭《ひげ》そりもしなくていいから便利っちゃ便利。でもさ」

七百年前、錆丸は金星によって成長を止められていた。髪も爪も伸びなかった。

だが金星特急の旅が始まってから、成長が再開した。十三の子どもだった彼はみるみるうちに大きくなり、旅の終わりにはごく普通の、散髪が必要な人間となった。

だから砂鉄も三月も伊織も、たとえ自分たちが七百年の間全く老《ふ》けない「異様な」人間であったとしても、金星の娘である桜と再会さえ出来れば、普通の人間に戻るものだと思い込んでいた。

だが、そうではなかった。

最初に気づいたのは三月の方だった。髪が伸び始めたら桜に切ってもらおう、と楽しみに言っていたのだが、いっこうにその気配が無い。

砂鉄もやがて、自分の髪も髭も伸びる気配が無いことに気づいた。

つまり自分たちは「老いない」人間のままなのだ。

だがその時点では、そう大したことではなかった。

ユースタスさえ目覚めれば。

彼女と七百年ぶりに再会さえ出来れば、自分が不老の存在であることなどどうでもいい。

――きっと彼女もそうだろうから。

永遠にこの世をさまようことになったとしても、彼女と二人なら構わない。

異形《いぎょう》と成り果て、人間から吸血鬼のように恐れられる存在になったとしても、ユースタスとなら。

だが、目覚めた彼女は砂鉄の記憶を失っていた。

そんな状態では、髪や爪が伸びるかなどと聞けなかった。さらに混乱させるばかりだ。ならばと旅の途中で観察してみたが、彼女は元々、髪が長い。さらには常に革手袋をしており、爪も見えない。彼女が不老の存在なのかどうか、確認が難しかった。

だが不思議なことに、次に目覚めた夏草は昔の記憶を失っていなかった。

髪が短いので伸びれば分かりやすいし、普段から素手だ。

砂鉄と三月はしばらく夏草を観察し、やがて確信した。

——夏草は普通の人間だ。おそらくはユースタスも。

「まさか」

夏草は再び呟いた。どこか呆然としている。

三月が苦笑した。

「そう。俺と砂鉄は永遠にこの姿のまま。でも夏草ちゃんとユースタスはふっつーに老いていくだろうねー」

リルリルとは、空中庭園でよく会うようになった。

彼女はなぜか、どうしても庭師に悪戯《いたずら》をしたいらしい。「新しい掛け合わせの花」を作ろうと頑張っていたが、そもそも宮廷に雇《やと》われるほどの庭師が簡単に交雑《こうざつ》するような花を近くに植えるはずもない。

アヤーズは何度も無理だよ、と忠告したが、彼女は聞かなかった。

「だったらまず、どうやったら花を掛け合わせられるか教えてよ。私はどうしても、薔薇《ばら》と百合《ゆり》の子どもが見たいの」

彼女は植物の受精の仕組みと「人間の作り方」が似たようなものだと知っているのだろうか。いずれ乳母などから詳しく教わることになるだろうが、自分の口から説明するのもためらわれ、苦肉《くにく》の策《さく》でこう言った。

「薔薇は薔薇で、百合は百合でいたいからだよ。どうやったって混ざり合わない」

そうだ、かけ離れた種同士の花は絶対に交わらない。

無理に交われば不幸になる。身分低い母が、蒼眼《そうがん》の父と子をなしたがために不幸になり、狂ったように。

そこまで考え、アヤーズは気づいた。

かけ離れた種同士は無理でも、近縁種《きんえんしゅ》ならば。——身分の低い自分と彼女ならば。

次に空中庭園を訪れた時、アヤーズは彼女に詩を書いていった。

彼からは、君は覚えがいいので古典の引用は得意だがありきたりな言葉ばかりだ、と評され、詩の成績はかんばしくなかったが、自分なりに頑張ってみた。

だって、彼女の姿を思い浮かべればたくさんの言葉が浮かんでくる。鼻面《はなづら》にまとわりついた花粉だって砕《くだ》いた陽光みたいだし、無造作に裸足《はだし》になった爪先《つまさき》は小鳩《こばと》のようだ。

アヤーズが渡した詩を、彼女は上手く読めなかった。この国の言葉を話すのには慣れたが、読み書きは難しいそうだ。

だから詩を歌って聞かせた。

小さな弦楽器《げんがっき》に自《みずか》らの声を乗せ、彼女への想いを語る。

「綺麗な声だね」

彼女は笑った。

返事はたったそれだけだったが、アヤーズには十分だった。

あの笑顔は自分だけにしか向けられていない。彼女の瞳がこちらを見てくれるなら、何百編でも詩を書こう。そう誓った。

ある日、彼から言われた。

「大使のご令嬢と仲が良いそうですね」

書学院の授業と授業の合間だった。回廊ですれ違いざま黙礼《もくれい》すると、そう声をかけられたのだ。突然のことだった。

アヤーズの心臓は跳ね上がった。

これまで、彼と勉学以外の話などしたことがない。個人の家庭教師だった頃から今まで、本当に、何一つ。常に泰然《たいぜん》とした顔で経典《きょうてん》の解釈や方程式を教えるばかりだったのに。

なのに、どうして突然。

「そんなに怯《おび》えないで下さい、ただ事実を確認したかっただけです」

「……事実？」

「事実を確認したが上での忠告をしようかどうか、迷っている。そんなところです」

忠告。

その言葉にカチンときた。

どうせ立場や身分をわきまえろ、という話だろう。他の大人と違って彼だけはそんなことを言わないと思っていたのに。

「事実だとしたらどうなんですか。ただ、一緒に花を見ているだけです」

「何も責めているわけではありません。貴方《あなた》の作る詩が急激に進歩したので、恋をしたのだろうな、と推測したまでです」

淡々とそう言われ、アヤーズは頬を染めた。

詩の授業一つで初恋を悟《さと》られてしまったこと。だが詩の出来を褒《ほ》められるのは初めてなこと。その二つの事実が頭の中でぐるぐる回り、ただ口ごもるしか出来なかった。

「元家庭教師として、あなたの恋路《こいじ》に口出しなどしたいわけではありません。ただ大使のご令嬢は貴方が思う以上に発展家ですよ、と忠告したいだけです」

「……発展家？」

言葉の意味がよく分からなかった。

詩の授業はいまいちでも、古典の暗記では一番なのに。どの作品にもそんな言葉は出てこない。

「奔放《ほんぽう》な彼女に惹かれる若者は、貴方以外にもたくさんいる、という話です。この国で見慣れた物言わぬ楚々《そそ》とした女性よりも、遠い異国から来たよく笑う娘が月より星より輝いて見えやすいのですよ」

——つまり、自分以外にも彼女に愛の言葉を捧《ささ》げた男がいる。それも複数。

彼が言いたいのはそういうことか。

回廊の向こう側から生徒たちの集団が歩いてきた。大声で討論《とうろん》している。

それを聞いた彼は、アヤーズに黙礼を送って立ち去った。

残されたアヤーズは呆然と立ちすくんだままだった。うるさい生徒たちの一団からいつものように蔑《さげす》みの言葉を投げつけられても、ほとんど耳に入って来なかった。

翌日、アヤーズは空中庭園でリルリルに尋ねた。

「ねえ、僕以外にも君に詩を詠《よ》んだ相手はいる？」

すると彼女はきょとんと目を見開いた。

「そんなのいないよ」

「本当に?」

「そんなことするの、アヤーズだけだよ。わざわざ楽器まで持ってきて」

彼女はおかしそうに笑った。そして懐《ふところ》から、アヤーズが以前詠んだ詩編を取りだした。

「あなたのくれた詩だけは読めるようになったよ。音楽がついてたから覚えやすかった」

アヤーズはホッとした。思わず胸に手を当てる。

「そう」

ならば、彼女も自分のことを——。

「でも、靴を拾ってくれた人ならいる」

「え?」

「蓮池《はすいけ》のところで、片足を突っ込んじゃって、その場で左足だけ脱いで乾かしてたら、拾われちゃった」

心臓が跳ねた。

動悸《どうき》が大きくなっていく。小さく唾《つば》を飲み込み、おそるおそる聞いた。

「……誰?」

「知らない人。アヤーズと同い年ぐらいかな」

蓮池に入れるなら王族か貴族、もしくは外国からの賓客《ひんきゃく》だ。少なくとも卑《いや》しい身分の男ではない。

「自分の絹の肩布《かたぬの》を脱いで、それで私の靴を拭《ふ》いてくれたよ。そしてひざまずいて差し出した」

「……」

「変な人だなって思ったけど、断るのも悪くて、その場で靴を履《は》いたの。早く離れた方がいいかなって思って、迷路の方まで逃げちゃった。まだ靴は湿ってたから気持ち悪かったよ」

リルリルは無邪気にそう語ったが、どう見ても彼女に気が有る男の行動だ。

「……その後、その男とは会った？」

「ううん。こんなに広いお城だし、名前も知らないんじゃ無理だよ」

その言葉には少しだけ安心した。確かにこの宮殿で、名も知らぬ少女を捜すのはかなり難しい。

その日、アヤーズはいつもより心を込めて詩を歌った。彼女は熱心に聞いてくれた。

数日後、今度は宮廷の奥園で彼にばったりと会った。驚いて棒立《ぼうだ》ちになる。

「どうしてここに」

「悪い精霊《ジン》にでも出くわしたかのような顔をしないで下さい。皇太子殿下の家庭教師としてここを訪れたのです」

「……ああ」

確か、正妃《せいひ》の息子である皇太子にもそろそろ縁談の話が来ていた。婚礼の前に国の歴史やしきたりを復習させるのだろう。

何も言えず、どこか気まずい顔で立ち尽くすアヤーズの顔を、彼は黙って見下ろしていた。

そして静かに言った。

「そんなに後ろめたい顔をするぐらいなら、諦めた方が賢明かと思いますが」

「――後ろめたくなんか」

つい語気を強めたが、その後の言葉が続かなかった。

リルリルの靴を拾った男。それがどうしても頭を離れない。

彼は溜息をついた。

「私はあなたの教師であって、父親でも兄でもないんですが」

そんなの知っている。だって自分には身内と呼べる男など一人もいない。

「だから今から話すのは、忠告ではなくて噂話です。教師と生徒の間のね」

「……噂話？」

「碑文守家《ひぶんじゅ》の四男が、大使のご令嬢に執着《しゅうちゃく》していらっしゃるようですね。夜ごとバルコニーから夜空を見上げては、彼女に対する愛を月に訴えていると。いずれ、彼女のバルコニーを見上げて実践するでしょう」

碑文守家といえば大貴族だ。その息子ともなれば、リルリルを手に入れることなどたやすい。

――そいつが、靴の男か。

「噂話は以上です。それでも彼女に詩を書き続けるか、それとも大人しく歴史書の編纂《へんさん》課題に取り組むか、どちらかになさい」

数日後、アヤーズはしばらく迷った後にリルリルに尋ねた。

「ねえ、君の部屋のバルコニーに、語りかける男はいる？」

すると彼女は何とも言えない顔をした。

まるで、花粉が喉《のど》につっかえて咳《せ》き込みたいのに咳き込めない、そんな表情だ。

彼女は空を見上げ、指先で頬をかき、深い溜息をついてからアヤーズを見た。

「内緒よ？」

「……うん」

「私の部屋のバルコニーへの扉は、固く閉ざされてるの」

「えっ」

閉ざされている？

「侍女が聞きつけてきたんだけど、バルコニーから私を呼ぼうとしている男がいるみたいで。そういうの困るじゃない」

「う、うん」

自分の頬に朱《しゅ》がさすのが分かった。彼女のバルコニーは閉ざされている。

「お転婆《てんば》すぎるって叱られてばかりだけど、私だって未婚の娘よ。変な噂立てられたら国元まですぐ知らせが飛んじゃう」

うん、うん、とアヤーズは何度もうなずいた。困り切った形の彼女の眉毛が、とても可愛らしく思えた。

「だから、バルコニーへの扉は鍵をかけて鎖《くさり》も巻いてあるの。この国の人に何か言われたら、『我が国では、この方角から食人鬼《グール》が訪れると言われております。扉も窓も閉ざさなければなりません』って言い訳することにしてる」

そこまで言うと、彼女はペロリと舌を出した。とても良い言い訳でしょ、と言いたげだ。

アヤーズは天にも昇る心地だった。

ざまあみろ。リルリルの靴を拾ったはいいが、バルコニーを訪れる権利さえ失った男め。

だって彼女は嫌がってるんだ。お前のことなんか食人鬼《グール》だと思ってる。

だがアヤーズを何よりも喜ばせたのは、リルリルの「変な噂を立てられたら困る」という言葉だった。

男と噂を立てられるのが困るからバルコニーは閉ざす。

でもアヤーズとはこうして、空中庭園でこっそり会ってくれる。つまり噂を立てられてもいいのでは？

――自分が「責任」を取ればいいのでは？

アヤーズはそれから数日、夢心地で過ごした。

彼と宮廷内や書学院で出くわしても、平然と黙礼することが出来た。

だって彼女はいずれ自分と結婚する。身分の低い者同士だ、話が進むのはきっと早い。それまでには母親に正気に戻ってもらわなければならないし、こちらが出す祝い金と、あちらの持参金の話もある。今から準備しておかなければ。

リルリルに送った詩が百編にもなった頃、アヤーズは市場《バザール》へ出かけた。彼女に詩以外の贈り物をしたかったのだ。

何がいいだろう。髪飾りだろうか。腕飾りだろうか。それともあの優雅な爪を飾る宝石の花だろうか。

心許《こころもと》ない財布を握りしめ、アヤーズは熱心に宝飾店を見て回った。彼女の喜ぶ顔が目に浮かび、自然と顔がほころんでくる。

五軒目の店を出た時、いきなり声をかけられた。

「今日はお買い物ですか」

驚いてそちらを見ると、露店《ろてん》の椅子に腰掛けた彼だった。右手には水煙管《みずぎせる》の管《くだ》、左手には黒蜜茶《くろみつちゃ》の杯《さかずき》を持ち、どう見てものんびりと午後のお茶を楽しむ人物だ。

アヤーズは何度か瞬《まばた》きをした後、へらっと笑って手をあげた。

「はい、贈り物を。そちらも買い物ですか？　あなたが市場《バザール》なんて珍しいですね」

「いいえ、貴方とお話に来ました」

うっすらと微笑《ほほえ》まれ、アヤーズは戸惑った。彼が自分に話？

「私がここに来たのは偶然ではありません。貴方を追ってきたのです」

「俺を」

「宮廷内では、どこに人の耳が生《は》えているか、どの小鳥が頭上から我々を凝視《ぎょうし》しているか、油断なりませんからね」

「――」

彼が何の話をしようとしているか見当がついた。

だが、もう忠告は必要無い。だってリルリルは自分の愛の詩だけを聞いてくれる。

それでも黙って彼の前に座ったのは、恩師への儀礼からだった。何を言われても、今なら自信を持って反論できる。

真顔になったアヤーズを、彼はしばらく何とも言えない表情で見つめていた。いつものようにうっすら微笑んでいるのに、何かが違う。

紫色の不思議な瞳から目をそらせなかった。浮かんでいるのは――哀れみ?

彼は煙をゆっくりと吐き出し、煙管を持つ手を片頬に添えた。静かな声で言う。

「大使のご令嬢の婚約がまとまりそうですすよ」

アヤーズはきょとんと目を見開いた。

――どの大使の話だ?

「リルリル嬢です。貴方がのぼせ上がっている、ご当人ですよ」

その言葉にアヤーズはしばらく固まっていた。

テーブルに手をついて、嘘だ、と叫ぶことも出来た。

余裕綽々《しゃくしゃく》の顔で、何かの誤解だ、と笑い飛ばすことも出来た。

だが無意識に口をついて出たのは、こんな言葉だった。

「ど、どうせ無理矢理とかでしょ。彼女の意思では――」

「思いっきり彼女の意思ですよ。というより、彼女が相手を翻弄《ほんろう》し、嫉妬させてはまた媚《こ》びを売りを繰り返し、とうとう陥落《かんらく》させたのです。いや、十三歳にして実に見事な手腕《しゅわん》でした」

耳の中に水が入ったかのように、彼の声がよく聞こえなくなった。喉元《のどもと》から何かがせり上がってくるのに叫べない。

真っ赤になって反論したいのに手が冷たくなっていく。

気がつくとアヤーズは彼から、黒蜜茶の杯を手に握らされていた。

「さあ、呼吸をして。それからお茶を飲んで」

「……」

人形のように操《あやつ》られるまま、アヤーズは浅い呼吸を繰り返した。生ぬるい茶を少しだけ口に入れたが、飲み下す方法を忘れてしまった。

反論の一つも出来ず、自分はただ放心している。

心のどこかに、もしかして、という思いがあったのだろうか。

絶対に会えない時間帯、時々まとっている不思議な香り、不似合いなほど高価な首飾り。そんなものから自分は目をそらし続けていたのだろうか。

アヤーズは蚊《か》の鳴くような声で、ようやく尋ねた。

「……碑文守家の息子ですね」

リルリルの靴を拾った彼が、バルコニー以外の何らかの方法で彼女に愛を伝えたのだろう。だが、彼女の意思というのは絶対に嘘だ。彼は「媚びる」なんて最悪の言葉を使ったが、きっと相手の男が権力にものを言わせて彼女を奪ったのだ。

「いいえ。リルリル嬢とご婚約の話が進んでいるのは、皇太子殿下です」

「——は?」

「私は彼の家庭教師をしていますので、間近でリルリル嬢の手練手管《てれんてくだ》を拝見しましたよ。内心、感心していました」

「……」

「貴方も碑文守家のご令息《れいそく》も、だしに使われただけです。皇太子殿下をやきもきさせるためのね」

アヤーズはただ、彼の唇が動くのを黙って見つめていた。言葉の意味は分かるのに、文章の意味が頭に入ってこない。いくつもの単語が頭の中で乱舞《らんぶ》しては弾《はじ》け、消えていく。

「三つ股《みつまた》、という奴です。もしかしたら他にも男がいるかもしれません」

彼は小さな溜息をつくと、杯を握りしめるアヤーズの手を軽く叩いた。

「皇太子殿下の前での彼女は、常に健気《けなげ》な笑顔を保ちながらも、時折ふっと瞳に影を落とす少女でした。何らかの不幸な過去を連想させたでしょうし、何不自由なく育ってきた皇太子殿下の庇護欲《ひごよく》を大いにかき立てたことでしょう」

紫色の瞳に浮かぶ憐憫《れんびん》。

アヤーズが半眼だろうと蔑まれようと、常に静かな色合いだったこの目が、今初めて、情のようなものを見せている。

「貴方の前での彼女はどうでしたか？　おそらく無邪気さや天真爛漫《てんしんらんまん》さを前面に押し出したでしょうね、貴方の生い立《おた》ちが不幸ですから」

ぐらりと倒れそうになった肩を、彼に支えられた。初めて聞く強い口調で言われる。

「立ちなさい、自分の足で。歩いて王宮まで戻るのです」

彼に導かれるまま、アヤーズは市場《バザール》の迷路を歩いた。帰り着くまでに今後どうするかだけを考えろ、と言われた。

王宮の門が近づいた時、アヤーズは立ち止まった。

ぼんやりと彼の顔を見つめ、そして言った。

「それでも俺は、リルリルが欲しい」

「そうですか」

呆れられるかと覚悟していたが、彼の表情は変わらなかった。アヤーズの答えを想像していたらしい。

「仕方がないですね、貴方のような生い立ちにとって彼女は蜂蜜《はちみつ》に溶かした毒ですから」

「教えて、先生。リルリルを取り返す手段はある？」

自分の声は少し震えていた。

無理難題を言っているのは分かっている。何せ相手は皇太子だ、まっとうな方法では逆立《さかだ》ちしたってかないっこない。

残る方法は、彼女を連れて逃げる、これだけだ。

婚約が成立する前に彼女を説得し、二人で国外に逃げる。それしかない。

アヤーズとしては、駆け落ちの手段を彼に尋ねたつもりだった。紫の瞳に浮かんでいる憐憫に、知らず知らず甘えていた。

馬鹿を言うな、と頭ごなしに叱られるかと思ったが、意外なことに彼は暮れなずむ空を見上げ、何事か考え込んでいた。

そして言った。

「一つだけ、大逆転できる可能性があります」

「え？」

「どうせ駆け落ちなんて考えていたんでしょう、それはおやめなさい。私が言う可能性とは、貴方が皇太子殿下を越えてみせる手段です」

「……俺が、皇太子殿下を……？」

異母兄弟である皇太子だが、アヤーズは彼と口をきいたことがない。というより顔もほとんど見たことがない。相手は正妃の息子だし、底辺扱いの自分とは存在が違う。

「あなたのお父様は厳格《げんかく》で冷酷だが、非常に実利的な判断を下す有能な政治家です。もし貴方が現在の皇太子殿下より有能だと判断すれば、跡継ぎをすげ替えるでしょう」

そんな、ことが。

そんなことが可能なのか本当に。

自分が皇太子を越えるほど有能だと示す方法なんて全く思いつかない。剣を手にし、決闘でも申し込むのか？

すると、彼は小さく笑った。

「そんなに情けない顔をしないで下さいよ、ちょっと面白くなっちゃったじゃありませんか」

いつもより砕《くだ》けた口調で言った彼は、もう一度苦笑してから続けた。

「いいですか、本当に大逆転の一発劇です。可能性はゼロに近いと言ってもいい」

「いいから早く聞かせてよ」

こちらも自然と言葉遣いが乱れた。いわゆる「庶民《しょみん》の舌」になってしまう。

「あなたのお父様が最も誇《ほこ》っていることは何ですか」

少し考え、答えた。

「蒼眼であること」

「そうです。彼は蒼眼であることに大いに誇りを持っていますが、そろそろ死期が近いでしょう」

アヤーズはうなずいた。自分は彼が十二の時の子だから、父もそろそろ二十五歳になるはずだ。後継者問題には敏感《びんかん》なはず。

「――ですが、その蒼眼に勝てる人間がいるとしたら？」

「え？」

「噂ですよ、本当にささいな、単なる噂です。南の島のどこかに『邪眼《じゃがん》殺しの娘』がいるとの」

邪眼殺し。

邪眼とは、人間たちが蒼眼に対してこそこそと使う別称だ。

だが、その邪眼を殺せる娘がいる？

「その娘を捕らえて、お父上に差し出すのですよ。蒼眼の一族全ての敵を退治したとあれば、あなたは英雄です。かならずや皇太子の座を手に入れ、愛《いと》しのリルリル嬢と愛の囁きをかわすことも出来るでしょう」

目を覚ました時、蜜蜂《みつばち》は自分がどこにいるのか分からなかった。

ひび割れた天井。視界の端で何かが小さくきらめいている。

のろのろと身を起こした蜜蜂は、輝きを放つものが鏡の欠片《かけら》だと気づいた。床の上に掃き集められたまま、放置されている。

そしてその光の届く範囲に、桜《さくら》がいた。ユースタスにもたれ、呑気《のんき》に眠っている。

「目が覚めたか、蜜蜂」

座っていても背筋の伸びているユースタスが、蜜蜂に微笑みかけた。

「少しうなされていたようだが、気分はどうだ?」

「……何か……昔の夢を……」

「孔雀《くじゃく》がどうとか言っていたようだが」

「――」

一瞬の沈黙の後、蜜蜂は無理矢理に笑顔を作った。

「あー思い出したわ。孔雀につつかれて追いかけ回される夢だ」

それを聞いたユースタスは、ひどくおかしそうに笑った。何がそんなにつぼに入ったのか、目尻を拭《ぬぐ》いながら言う。

「私は昔、密林で野生の孔雀を食べたことがあるぞ」

た。
「えー、あいつ派手なだけだと思ってたのに」

「なかなかに美味《びみ》だった」

「まじ⁉　凄《すご》くね？」

よかった、上手くごまかせたようだ。蜜蜂は両手で頬を軽く叩き、意識をしゃっきりとさせた。

その時、ぐっすりと眠り込んでいた桜が身じろぎをした。肩から滑《すべ》り落ちた毛布を、ユースタスが直してやる。

「桜はさっきまで、君の看病をしようと目を爛々《らんらん》とさせていたのだがな」

「……俺の？」

口を呑気にぽかりと開け、すやすや眠る桜の顔を見た。

――邪眼殺しの娘。

「君の手当てをしてやって欲しいと殿下に頼まれ、張り切っていたのだ。これでも薬草には詳しいんだ、と息巻いていたのだが、君が眠ったまま起きないので少々退屈してしまったようだな」

蜜蜂は思わず、小さく吹いてしまった。

看病相手が寝ていて退屈だなんて。勝手におもちゃにされても困る。

だがその話を聞き、蜜蜂は少し心が晴れた。――これから、彼との対決だ。

立ち上がった蜜蜂は、その場で大きく伸びをした。

わざとらしく見えないよう、欠伸《あくび》も一つ。

「ちょっと風に当たってくる」

「大丈夫か？　さっきまで顔色が悪かったのに」

「ぜーんぜん平気。たぶん雪に飛び込んだのが悪かっただけだと思うよ。暖まって寝たら元気になった」

「そうか、ならばよいが」

「つーか俺、さっさとこの部屋でねえと三月《さんがつ》の兄貴に殺されっだろ」

ついでに砂鉄《さてつ》からも、とは思ったが口にせず、蜜蜂は身支度を整えた。看病ありがと、とユースタスに言い置き、元は舞台だったという宿を出る。

エルミタージュは異様に広く、また崩れた箇所《かしょ》も多いのでどこが通れるか分かりづらかったが、蜜蜂は途中で地図屋を見つけて一枚買った。昔、美術館だった時代の「案内図」とやらを元に現在通行可能な通路を示しているらしい。

蜜蜂は帽子を深くかぶり直し、瓦礫《がれき》を乗り越えて進んだ。

（南東の一番高いところ。たぶん、あの時計があったとこだ）

途中までは崩れた階段を、床が崩壊した先は梯子《はしご》を使って進んだ。

いきなり雪交じりの風が吹き込んでくる。天井に穴が空いているのだ。

雪の積もった最上階に降り立った。

大きな時計盤の前で、彼が待っている。

「遅いですね」

彼がここにいるのは分かっていた。

さっき、桜に一枚一枚絵を見せながら羽根ぼうきで掃除していたが、一枚だけ孔雀の羽根ぼうきでなぞっていた絵は塔を描いていた。

この建物群の中で最も高い場所に来い。そういう意味だ。

蜜蜂は距離を保ったまま、無言で彼の前に立った。

彼は自《みずか》らの髪を束《たば》ねていた紐《ひも》を解いた。長い黒髪が風で狂ったように躍《おど》る。

その髪の間から、うっすら微笑む唇だけが見える。

彼は手袋の指先でゆっくりと、自分の髪をかき上げた。現れた笑顔は、幼い頃出会った時と全く同じだった。

「中間報告は？」

「まだ」

「報告できるような成果が何一つ無いと。邪眼殺しの娘と一緒に旅をしていながら」

「うっせえな、周りの大人たちの目があんだろ。すげえこえー兄ちゃんも一人いるし」

彼はクスッと笑った。

「そうですね、そんなに優《すぐ》れた容姿を持っていながら、貴方は恋愛が下手ですものね。――あんな尻軽女に引っかかってしまうほどに」

蜜蜂はグッとこぶしを握った。唇を噛みしめる。

動揺するな。

今まで何度も何度もやられたじゃないか、少しだけ期待を持たせてから突き落とす。それを繰り返され、自分は徐々に彼に支配されていったのだ。

心を強く持て。そうでなければ、リルリルは手に入らない。

「……あんたが追ってくるとは思ってたけど、まさかこんなとこで美術館長とやらに収まってっとはな」

「簡単でしたよ。周囲に信じ込ませるのは」

――そうだろうよ。

蜜蜂は内心毒づいた。

彼は、人の心を操る天才だ。笑顔。甘い言葉。時にはそれさえ使わず、いつの間にか懐《ふところ》に潜《もぐ》り込んでいく。

「初心《うぶ》そうな娘じゃないですか。接吻《せっぷん》の一つでもしてやれば、簡単に落ちるでしょうに」

「うっせ、あいつに手ェ出したら俺の頸動脈《けいどうみゃく》一瞬で切られんだぞ、分かってんのか」

「やれやれ、本当に口が悪くなったことだ、礼儀作法も私が教えたというのに。――ねえ、王子様?」

それには答えなかった。

彼との会話は最低限にする。これが蜜蜂の編み出した唯一の防御法だ。

彼はコートのポケットから、孔雀の羽根を一本、取り出した。ひらひらと振ってみせる。

「邪眼殺しの娘を籠絡《ろうらく》する約束でしたよね。この羽根がその契約書ですよ」

チッと舌打ちしてしまった。

「わーってんよ」

「分かってませんよ、貴方は子どもですから」

「――」

「少しだけ、私がお手伝いします。彼女と二人きりになる機会をもうけてあげますから、好機《チャンス》を逃さないように」

蜜蜂は黙って彼に背を向けた。

そのまま梯子を下り始める。雪で何度も滑りそうになった。

あの男が「好機を作る」というのなら、それは必ず訪れる。数時間後か、数日後かは知らないが、絶対に。

深い溜息をついた。

自分はその時、桜にキスをしなければならないのか。

足先が冷えて目が覚めた。

ぶるっと身震いした桜《さくら》は、毛布の中にもぞもぞと足を引っ込めたが、すぐ、隣の体温に気づく。

「ゆすたすちゃん」

「起きたか、桜」

すぐ側《そば》にあるユースタスの顔が柔らかく微笑《ほほえ》んだ。桜の頬に貼り付いた髪の毛を指先で直してくれる。膝に置いてある重そうな本は、夏草《なつくさ》から借りたものだろう。

無意識に髪留めに手を伸ばしたが、アルちゃんはいなかった。そう言えば、本が読みたいからと男部屋の方に残っていたはずだ。

「私、寝ちゃってたんだ」

目をしょぼしょぼさせながら楽屋の中を見回した桜だったが、さっきまで粗末《そまつ》なマットレスに寝ていたはずの蜜蜂《みつばち》がいない。毛布が人の形のまま放置されている。

「あれ、蜜蜂は?」

「さっき目が覚めたら、もう元気になっていてな。外で風に当たると言っていた」

「ええー」

体調が悪い時の症状別対処法をマリア婆ちゃんに仕込まれていたし、蜜蜂が起きたら偉そうに問診してやろうと思ってたのに。患者が勝手に逃げ出すなんて。

「風邪だったんじゃ？　私、薬草の調合も出来るよ？」

桜の残念そうな顔を見て、ユースタスはおかしそうに笑った。

「馬車に乗りっぱなしの長旅から、ようやく一息つける場所についたからな。少し疲れが出てしまっただけのようだ」

「うーん、でも戻ってきたら、絶対に脈を取ってやる。あと、舌の色とかも見る！」

「ははは、蜜蜂も大変だな。ただし、桜——」

「うん、三月《さんがつ》の見てないところでね」

二人で顔を見合わせ、忍び笑いをした。三月のあまりの過保護さを桜が少し愚痴《ぐち》り、ユースタスがまあまあと宥《なだ》めながらも苦笑する。その流れは、女同士だけの内緒のやり取りだ。

「それにね、私、万能薬持ってるから、風邪だけじゃなくて怪我も治せるよ」

「万能薬？」

「うん、犬蛇《けんじゃ》の島で一番の仲良しだったマリア婆ちゃんが、旅の餞別《せんべつ》にってくれたの。ちょっとした切り傷ぐらいならすぐ治っちゃうし、火傷《やけど》にもすっごい効くよー」

桜は懐《ふところ》の奥深く、大事にしまい込んでいた小さな包みを取り出した。麻の繊維《せんい》を丁寧に叩いて紙にした、丈夫なものだ。こぼさないよう、慎重にそっと開いて見せた。

「……赤い、粉？」

「うん、マリア婆ちゃんが故郷から持ってきた万能薬。竜血《りゅうけつ》の粉っていうんだよ」

自分の息で粉を吹き飛ばさないよう、小声で言った。指先に少しだけ粉をすくって見せる。

「凄《すご》く不思議な粉。使ってもなぜか、あんまり減らないの」

島では何度も、この万能薬にお世話になった。マリア婆ちゃんはこの薬の存在を絶対に他の女には知らせず、桜の世話にだけ使っていたのだ。

隙間風を感じ、桜は慌てて包みを閉じた。再び懐の奥深くにしまい込む。

「ゆすたすちゃんも、怪我とかしたらすぐ言ってね！　砂鉄《さてつ》と三月は怪我しない体だし、今まで使う機会が全然無くて――」

「桜」

真剣な顔のユースタスに話を遮《さえぎ》られた。目を真《ま》っ直《す》ぐのぞき込まれる。

「そのマリア婆ちゃんという人は、どこで竜血の粉を手に入れたと言っていた？」

「え？　故郷のブラジルってとこから持ってきたって……あ、何とか堂でもらったって言ってたかな」

二十年近く前に聞いたことなので、記憶が定かではなかった。ただ、この薬の話は絶対に誰にもするなと念を押されたのだけは覚えている。

「金星堂《きんせいどう》ではないか？」

「え？　……そう言えば、星の名前だったような。――金星？」

それは、ママの名前。

ユースタスは唇にそっと指を当て、辺りを見回した。周囲に誰もいないのを確認し、声をひそめる。

「金星堂というのは、君の母上が恋する女性のためにもうけた祈りの場だ。七百年前は世界中のあちこちにあった」

そんな話は初めて聞く。

七百年の間、島に途切れずやってきた桜の友人、代々の「マリア」、「ヤスミン」、「ユキ」、「ミシェル」、「シータ」、「クリスティーナ」。みんなこの赤い粉を持ってきて、いつも桜の怪我を治してくれた。だが一様《いちよう》に、「絶対に秘密だ」と言っていた。

だが、この万能薬が「竜血の粉」という名前だと教えてくれたのはマリア婆ちゃんが初めてだ。

「マリアさんという方が金星堂から竜血の粉をもらってきたというのなら、それは女神である君の母上が与えたものと考えていいだろう」

――私の、お母さんが。

無意識に、服の上から包みを押さえた。私の母が、くれたもの。

「竜血の粉とは竜血樹《りゅうけつじゅ》という植物の樹脂《じゅし》から作られる薬で、古来より用いられてきたものだが、正直大した薬効は無い。だが君の母上がくれたものならば、女神の万能薬と呼べるだろうな」

もう一度見せてくれ、と言われ、桜は包みをユースタスに差し出した。手袋を脱いだ彼女が、指先でそっと赤い粉を撫でる。

「七百年前の金星特急の旅の話は聞いたな？」

「うん、砂鉄と三月から詳しく」

「ならば、君の父・錆丸《さびまる》が特殊な体だったとも知っているはずだ」

「成長が止まってたし、刺しても死なないし、でも燃えやすいんだよね。今の砂鉄や三月と同じ」

「つまり、金星さんには人間を『樹』のようなものにする力があったのだ。錆丸の場合は、体が竜血樹と近い成分になっていた」

慎重な手つきで、ユースタスは赤い粉をひとつまみすくった。さらさらと流れ落ちていく。

「これはきっと、錆丸の血だ」

「えっ。――お父さんの？」

「そうとしか思えない。ただの竜血の粉ならば、ちょっとした傷薬か胃腸薬ぐらいにしかならない。だが、これが使っても減らない不思議な万能薬というのなら、錆丸に関係するものだろう」

錆丸の血。まだ、顔も知らない父親の。

私の中にも流れている、同じ血の。

「そしておそらくだが、この万能薬は君にしか使えないと思う」

「——え？」

「君の母上のことをこう言うのは何だが、金星という女神は徹底的に無慈悲《むじひ》で利己的《りこてき》だった。錆丸と君さえ無事ならば他はどうでもいいだろう」

「そんな……」

「人類を救って欲しい、というのも博愛《はくあい》からではない。人類という『種族』を救って欲しいのであって、それぞれの個体がどうあろうと気にも留めないだろう」

金星は無慈悲だったと、アルちゃんも言っていた。砂鉄や三月から聞いた金星特急の旅の様子でも、確かに恐ろしい場面が多々あった。

「だから、錆丸の血であるこの万能薬は桜にしか使えないと思う。君を治すためだけの薬だ」

「そ、そんなことないよ。だって私がマリア婆ちゃんにこの薬を塗ったこともある！　他のヤスミンとかシータとかにも、こっそり塗ったり飲ませたりして、怪我や病気を治してきた！」

彼女たちは基本的に「桜のため」だけに万能薬を使っていたが、島に「桜の友人」が一人だけの状態だったりすると、自分に用いることもあった。次の「桜の友人」が来るまで、自分の命をつないでいた。

「ふむ。すると、この薬は『桜に使える』だけではなく『桜が使うことで効力を発揮する』のかもしれないな。――実験してみよう」

いきなりスクッと立ち上がったユースタスは荷物をごそごそ漁《あさ》り、ウォッカの小瓶《こびん》を取り出した。消毒用に持ち歩いているものだ。

そして剣を少しだけ抜くと、刃でいきなり自分の人差し指を傷つける。みるみるうちに血の玉が浮いてきた。

「わー、ゆすたすちゃん！」

慌てる桜をよそに、ユースタスは冷静な顔で切り傷に酒をかけ、指先を突き出してみせた。

「その薬を使ってみてくれ」

「じ、実験は分かるけど先に教えてよー」

焦《あせ》りながら竜血の粉をつまんだ桜は、彼女の指先にさらさらと注《そそ》いだ。じわじわと出ていた血がぴたりと止まる。

ユースタスは冷静な目で傷を観察した。

「みるみるうちに傷が治る、というわけではなさそうだ。だが確かに、出血が止まるのが異様に速い」

淡々とそう言われても、まだ桜の心臓は少しどきどきしている。島では、ちょっとした怪我がもとで病気になった女をたくさん見てきたのだ。

「あとは、桜以外がこの薬を使えるか、の検証実験だな。砂鉄と三月さんはあの体だから、私と夏草さんで試してみよう」

さっそく彼を捜そうと、どこか浮き浮きした顔でそう言うので、桜は首をかしげた。

「実験したいの？」

「女神が愛娘《まなむすめ》をどこまで最強にしたかが知りたいのだ。蒼眼《そうがん》に対する唯一の武器であり、使っても減らない万能薬まで持っているなんて」

楽しそうに笑った彼女は手袋をはめ、桜に右手を差し出した。軽く膝を折ると、キリッとした顔を作る。

「さあ参りましょうか、我が最強の主君《しゅくん》よ」

それには少し照れてしまった。コートの上からさらに蝶《ちょう》の着物を羽織《はお》り、矢筒《やづつ》を背負いながら言う。

「も、もう止めてよー、主君とか」

「ふふ、私は君の騎士《ナイト》だからな。礼儀は払うぞ」

楽屋を出た二人は、大回りしながら図書館兼美術館への道を戻りだした。エルミタージュの構造を把握《はあく》しつつ歩こう、とユースタスに言われたためだ。

「ここと、あの階段は崩壊してるな……だが、どこからか良い匂いがする」

「あの割れた窓から行けそうだよ」

建物の構造を把握と言いつつ、屋台らしき匂いに二人はふらふら引かれていった。揚《あ》げ物だ。揚げ物特有の、あのたまらない匂いがする。

割れた窓から中庭に出た二人は、雪を踏みつつ揚げ物を目指した。夏草を捜す、という目的はすでに彼方《かなた》に飛んでいる。

風に帽子を飛ばされそうになり、両手で押さえた桜が何気なく頭上を見上げた時だった。

（……蜜蜂？）

蜜蜂らしき人物が、巨大な時計盤の辺りに見えた。崩れかけているが、この辺りで一番高い塔だ。

なぜあんなところに、とは思ったが、見覚えのあるコートだ。一緒に市場で買ったのだから間違いない。

そして、少し離れて立っている黒い影。

誰だろう。向かい合って何か話している。

一瞬、黒い影の髪が翻《ひるがえ》った。——長い。

（イリヤさん）

そう見えるが、自信は無い。

視力は良い桜だが、雪交じりの風で視界が悪いのだ。

風が少し収まった時、もう二つの影は時計盤の前から消えていた。

見間違い？

いや、そんなはずはない。少なくとも片方は絶対に蜜蜂だった。

彼は風に当たりたいと言って外に出たそうだから、あんな場所にいたとしても不自然ではないだろう。

そこで偶然イリヤと遭遇し、おや先ほどの、と挨拶《あいさつ》を交わしただけの可能性もある。

だが桜の脳裏《のうり》に、ぽつりと「彼」と呟いた蜜蜂の表情がこびりついている。イリヤを凝視《ぎょうし》し、顔色を無くしていた。

隣を歩くユースタスをちらりと見上げた。

今、彼女に相談すべきだ。

蜜蜂が、イリヤを見て顔色を失っていたこと。「彼」と呟いたこと。その後ずっと元気が無かったこと。そして今、塔の上に二人の影らしきものを見たこと。

——だが。

蜜蜂の見開かれた目がどうしても忘れられない。

口はよく回るし、下らないことで笑うし、桜には偉そうな態度を取るくせに砂鉄や三月にすぐビビるし、でもそれを忘れてまた桜をからかったりするし、いい加減なんだか几帳面《きちょうめん》なんだかさっぱり分からないし。

出会って間も無い少年だ。彼のことは何も知らない。

だが、あんなに怯《おび》えた顔は初めて見た。

もし蜜蜂がイリヤと面識があり、かつ彼に対して怯えているのなら、それを誰彼構わず言いふらされるのは嫌だろう。誰しも弱みは見せたくないものだろうし、男というものは見栄っ張りだとマリア婆ちゃんにも教わっている。

〈まずは私が、蜜蜂に聞いてみよう〉

ここでユースタスに告げ口のような真似をするより、自分で確かめてみるのだ。それで蜜蜂がおかしな素振りを見せるなら、ユースタスに頼んで銀魚《ぎんぎょ》の力で問いただしてもらえばよい。

揚げ物に引かれるまま中庭を突っ切っていると、熊御前《くまごぜん》と狐御前に会った。運河の船でも見かけた二人組だが、彼らもエルミタージュが目的地だったのか。

ふいに狐御前が桜に何かを差し出した。小さな狐の尻尾《しっぽ》だ。

「え、あ、ありがとうございます」

桜は慌ててコインを取り出し、彼に渡した。獣御前にお守りをもらったら寄進《きしん》をしなければならないのだ。

「桜、よかったな。狐はその賢《かしこ》さと素早さゆえに、古来より尻尾がお守りとして珍重《ちんちょう》されている」

そんな話をしながら二人は、最初に入った大広間に出た。ユースタスによれば、はるか昔は「大使の階段」と呼ばれていた玄関口らしい。

「エルミタージュで迷ったら、まずはここを目指すといいぞ、桜。ここが中心となって、建物が運河沿いに伸びているからな」

大理石の豪奢《ごうしゃ》な階段を昇ると、倒れた石柱《せきちゅう》の上に花の鉢《はち》が並べてある。こちらの言語で「はなや」と書かれているらしい。

石柱の端には娘が一人腰掛け、退屈そうに足をぷらぷらさせていたが、二人を見るとパッと目を見開いた。

スカートの裾《すそ》を直しながら立ち上がり、頬を染めつつ尋ねる。

「えと、ユースタスさんと、その妹さん？」

「はい、私ですが。失礼ですが、どこかでお会いいたしましたか、レディ？」

「いえ、もし騎士様と女の子の二人連れを見かけたら教えて欲しいって頼まれて――ってか、すげぇかっけえじゃんマジイケメン」

最後の方だけ早口の低音で呟いた彼女は、赤面したまま咳払《せきばら》いし、上目遣いでユースタスに言った。

「ええと、イリヤから、こういう二人を見かけたら教えて欲しいって頼まれててえ」

ユースタスが不思議そうに聞き返す。

「イリヤさんから？　彼とは先ほど話したばかりなのだが」

――イリヤから。

桜の心臓がどきりと動いた。ついさっき、彼の姿を塔の上で見かけたような気がしていたのに。

「何か、そちらの妹さんに頼みたいことがあるって、イリヤが言っててえ」

「わ、私?」

桜は困惑した。

イリヤとは会ったばかりで、絵の前で少し話をしただけだ。それなのに私に頼み事?

蜜蜂とイリヤが知り合いではないかと疑っていることを、彼に悟《さと》られた? いや、そんなはずはない。桜が蜜蜂のあの怯えた表情を見ていたのはほんの一瞬だった。気づかれたはずもない。

「えと、頼み事ってなんですか?」

花屋の娘におずおず尋ねると、彼女はニカッと笑った。

「モデルだよお」

「痛い痛い痛い痛い、やだー、もう止めて!」

「まだまだいける、はい、息吐いてえ」

「ゆすたすちゃん！　ゆすたすちゃん、助けて！」

ドアに向かって突進しようとする桜は、いきなり後ろにグンッと引かれた。花屋の娘が「凄い革紐《かわひも》」を握りしめているのだ。

「い・き・は・い・て！」

「ふえええええ」

これ以上、どうやって息を吐くのだ。さっきから革製の鎧《よろい》みたいな「こるせっと」に胴《どう》を締め付けられ、血流《けつりゅう》が停まりそうなのに。

桜は激しく後悔していた。

イリヤの頼み事は何かと身構えて美術館に行けば、何のことはない、昔のドレスを着て「ちょっと立ってるだけ」でいいという。

「うちはアンティークドレスの収蔵品もたくさんありましてね、花嫁衣装として貸し出しもしています。市長の姪御《めいご》さんがドレスに迷ってらっしゃるので、どなたかに着ていただいてスケッチを何枚か送ろうと考えていたところだったのですよ」

ニコニコとそう言うイリヤの顔には、何の邪気も無かった。単純に、良いモデルが飛び込んできたものだ、ぐらいに考えていそうな表情だ。

（さっき塔の上にいたと思ったの、やっぱり見間違いかなあ……）

何だかごちゃごちゃしたドレスに着替えるだけ、という頼み事を引き受けるかどうか迷ったのだが、ユースタスが大いに乗り気になった。

「こんな好機《こうき》、滅多《めった》にないぞ桜。是非、着てみたまえ」

「う、うーん」

「きっと凄く可愛いだろう。三月さんも喜ぶぞ」

そう勧《すす》められたものだから、まあいいか、と適当に引き受けたら収蔵品倉庫に連れ込まれ、この酷《ひど》い仕打ちだ。

下着みたいな服をかぶせられ、絹のストッキングとやらをはかされ、リボンでぎちぎちに膝下を締められ、アホみたいにかかとの高い靴、さらにはこの胴体締め付け拷問着《ごうもんぎ》。着付けのバイトもしているという花屋の娘が鬼の形相《ぎょうそう》で桜を虐待《ぎゃくたい》してくる。

「はい、理想のウエストになった。あら、結構お胸が出来たわねえ」

「ひゃん！」

胸元に手を無理矢理いれられ、左右をむりむりと寄せられている。

失神しそうになっていると、お尻に何かつけられ、またリボンでグルグル巻きにされ、新たな布をかぶせられ、体がずっしり重くなってくる。変な骨組みまで腰に巻かれ、最後に花柄のご大層《たいそう》な「そとがわ」をかぶせられる頃には、桜の意識はほとんど飛んでいた。

——なにこれ。

これが、「ただ立っているだけ」の内状？　詐欺《さぎ》じゃない？　おのれイリヤめ、って泣いてつかみかかってもよくない？

花屋の娘は、ふらふらする桜を慎重に椅子の前に立たせた。

「はい、パニエ持ち上げるからねえ、よし、いま座る！　……いま！　す・わ・る！」

今度は髪の毛をあれこれ触られた。

「あれえ？　さっきまで髪が赤っぽかったのに、こっちだと黒髪みたいに見えるねえ」

「……なんか……光の加減で色が変わりやすい髪だと……」

と、マリア婆ちゃんは言っていた。世界に一つだけの、珍しくて綺麗な髪だと。

「うーん、赤毛だと思って髪飾り揃えてたんだけど、黒髪かあ。まあ市長の姪はブルネットだし、こっちの方が合わせやすいかなあ」

桜の髪飾りを外した彼女は、器用に髪を結い上げ、プスプスとピンを刺していった。とてつもない量の金属を頭に乗せられている気がする。

（あれ……そう言えばアルちゃん、まだ戻ってこないな）

常に一緒の彼とこんなに長時間離れるのは初めてだ。男部屋で本を読みふけっているのだろうか。

顔にぱたぱた粉をはたかれ、頬にも唇にも何やら塗られ、くしゃみを連発してしまった。これが化粧だというのは分かるのだが、すごく痒《かゆ》い。

「よし、頭あがりっと。で、首はこれねえ、可愛いでしょこのネックリボン」

じゃん、と目の前にヒラヒラした紐飾りを出された桜は、朦朧《もうろう》としたまうなずいた。もう何でもいいから早くして欲しい。

「で、ブレスレットはこっち。あ、その元々してるやつ、外すわよう」

花屋の娘は桜の左腕を取り、腕輪を取り外そうとした。三月からプレゼントされ、「絶対に肌身離さず」と言われているものだ。

「おかしいな、この金具どうなってんのお？　外し方が分からない」

「……私も知らなくて。取っちゃ駄目って言われてるから」

「あー、護符《ごふ》とかそういうたぐいかあ。じゃあ外せないやつだね、しょうがないからこのままでいいやあ、ポーズによっちゃ袖《そで》のレースで隠れるし。で、この扇《おうぎ》持って」

彼女は桜の背をぽん、と叩いた。

「よし完成！」

引きずられるまま収蔵品倉庫を出ると、美術展示室で待ち構えていたユースタスが目を輝かせた。珍しく興奮気味の声を出す。

「可愛い！　愛らしいぞ、桜！」

「……そ、そう？」

この拷問着が？

「思っていたとおりだ、君はやはり赤が似合うな。こんなに美しい少女は見たことがない、私の自慢の妹だ」

その大げさな褒《ほ》め言葉にも、桜が思ったことはただ一つ。——この、拷問着が？

「スケッチが終わったら一曲踊ろう、桜。女性ステップを教えるから」

いや、スケッチが終わったら一刻も早く脱出したいのだが。

「ああ、予想通りぴったりのサイズですね。ちょうど市長の姪御さんと同じぐらいの身長だし、理想的です」

気がつけば、イリヤと書物魚《しょもつぎょ》も並んで立っていた。

イリヤは鉛筆を前に突き出し桜のサイズを測っているが、書物魚の方はなぜか頬を染めている。

「書物魚くんも、貴女《あなた》は薔薇より美しいと褒めていますよ。ね、書物魚くん」

「い、言ってない！　そんなこと言ってないですよ僕は！」

ボサボサ頭をぶんぶん振った書物魚の顔は、ますます赤くなった。

だが、今の桜にはそんなことはどうでもよかった。

「はや、早く、そのスケッチとやらを……」

「ん？　ああ、はいはい」

七匹の猫警備隊は全て部屋から出されてしまった。リボンやレースに飛びかかられないように、だそうだ。

呼吸もろくに出来ない桜に、イリヤは金と赤で装飾された鮮《あざ》やかな箱を差し出した。引き出しが五段もあり、それぞれに指輪やネックレス、イヤリングなどがぎっしり収まっている。

「先にモデル代をお渡ししますよ。どれでも好きな宝石を選んで下さい」

「……えーと」

好きな宝石、と言われても桜にはよく分からない。燭台《しょくだい》の灯《あか》りを反射してどれもペカペカしているが、舐《な》めたら甘いのかな、という感想しか出てこないのだ。

桜が迷っていると、イリヤは金銀真珠に彩《いろど》られた丸い玉を差し出した。

「身につけるものではありませんが、こうした宝飾品もありますよ。皇帝のイースターエッグですが」

無意味に派手な卵がパカッと割られると、中からダイヤモンドの時計が出てきた。こんなものをもらっても、どうしろと言うのだ。

旅費の足しにはなるだろうが、桜は何となく、出会ったばかりのイリヤから高価なものを受け取ることにためらいがあった。

蜜蜂の知り合いかもしれない。後で本人に聞けばはっきりするが、心のどこかで、微かな警《けい》鐘《しょう》が鳴っている。

「じゃあ、これを」

桜は時計を台座に結びつけていたリボンを指さした。それにも小さな宝石が縫い付けられているが、時計や指輪よりは地味だ。

イリヤは目を見開いた。

「そんなものでいいんですか？」

「宝石はもらったって身につけないし……アルちゃん――ペットの蜥蜴《とかげ》を飾ってあげようかなって」

「蜥蜴？　あなたのような年頃の少女が、自《みずか》らの髪を飾るためではなく、蜥蜴ですって？」

彼は少々呆れた顔になった後、面白そうに言った。

「この不思議な色の髪を飾りたいと願い、宝石を差し出す男など今後やまほど現れるでしょうに」

ふいに彼の手が桜の髪に伸ばされた。

とっさに身を引こうとしたが、なぜか動けない。彼の瞳に見入ってしまう。

――あれ。

この人、こんな目の色だったっけ。

さっきまで紫だったのに、彼が瞬《まばた》きした一瞬だけ違う瞳の色に見えた。

目をそらさず、じっとイリヤを見上げていると、彼は微笑んだまま桜の髪から手を引いた。

リボンを取り上げ、花屋の娘に渡す。

「蜥蜴サイズに縮めてあげて下さい。伸縮可能の方がいいでしょう。では、モデルをお願いしましょうか」

窓際に立たされた桜は、運河の方を見ているよう指示される。顔に光を当てるためだそうだ。

それから、桜にとって永遠にも思える時間が続いた。

桜の前に陣取ったイリヤがさらさらと鉛筆を動かす。身じろぎするたびに花屋の娘からドレスの裾《すそ》を直される。図書館側では書物魚が本の整理をしながらも、ちらちらとこちらを見ては目をそらす。ユースタスがニコニコとそれらを見守る。

「早く三月さんに見せたいな、桜。しかし夏草さんも砂鉄も、彼らはどこに行ったのだ？」

屋内が暗くなると燭台が灯《とも》された。今度はそっちを向け、とイリヤから新たなポーズを要求される。

（ひいいん）

半泣きになりながらも、従わざるを得なかった。

本当はイリヤを射殺したいのだが、弓矢はユースタスに預けてある。もし手元にあったとしても、これだけ締め上げられていては弦《つる》を引き絞《しぼ》ることも出来ない。しかも、三月に借りたナイフまで取り上げられた。

ふと、イリヤがスケッチの手を止めた。大きく伸びをしながら言う。

「ああ、失礼。いつの間にか時間が経《た》ってしまいましたね、貴女も疲れたでしょう」

「……疲れたっていうか、ほぼ死体っていうか」

文句を言うのが精一杯だった。せめて座らせてくれ。

「一息入れて、お茶にしましょうか。お湯を持ってきます」

――一息入れて、だと!?

まだ続ける気か？　鬼か？　お前は悪魔か？

花屋の娘も、ぐるぐると肩を回しながら言った。

「じゃあ、私は糖蜜《とうみつ》菓子を買ってくるねイリヤ。この娘もお腹空《す》いただろうしねえ」

駄目だ。この二人は完全に長期戦を想定している。もう逃げられない。

イリヤと花屋の娘が図書館兼美術館の広間を出て行くと、急に部屋は静まり返った。

（あれ？）

いつの間にかユースタスの姿が消えている。そう言えばさっき、書物魚に何か呼ばれていたようだったが。

部屋の真ん中でぽつんと一人座った桜は、所在なく扇を開いたり閉じたりしていたが、やがて不安になってきた。

壁を見回せば、燭台の灯りに照らされ、見下ろしてくる数々の絵。人物の目が動いているような気がして怖くなり、あの聖母子像の絵をひたすらに見上げる。

それにしてもこの拷問着、座っていてもやっぱり痛い。あちこち痺《しび》れて感覚が無くなっているし、昔の女の人はこんな服を着て本当に生存していられたのか？

――逃げよう。

誰もいない今のうちに逃げだそう。トイレに行きたかった、と言い訳すればいいだけだ。

まずは靴を脱いで、と座ったままもぞもぞしていた桜だったが、いきなり後ろにひっくり返った。

「ぎゃん！」

べきっ、と何かが折れた音がする。椅子？　それとも腰に巻かれてる木製の輪っかチーム？

起き上がろうとしたが無理だった。何かが何かに引っかかり、それがさらに椅子に絡まっている。ばたばた動かせるのは足だけだ。

「う」

目に涙がにじんできた。鼻がツーンとなってくる。

「もうやだよう……」


火の元にご用心、火の元にご用心。

光与える蠟燭《ろうそく》は、あなたを殺し、隣人も殺す。火の元にご用心。

そんな呼ばわり声に続く鐘《かね》の音が、どこからか聞こえてきた。すっかり暗くなった豪奢《ごうしゃ》な廃墟エルミタージュで反響する。

蜜蜂《みつばち》の方に声が近づいてきた。でっぷりと肥《こ》えた男が、手持ちの半鐘《はんしょう》を鳴らしては火の用心を呼びかけている。

彼は「触れ回り男」で、定時の知らせや最新のニュースを届けて回るのが仕事だ。字の読めない者がほとんどなので、彼が唯一の情報収集先という庶民《しょみん》は多い。

「もうそんな時間か」

呼ばわり声につられてペットショップの鳥まで騒ぎ出し、実に騒々しい夜だ。どうやって桜《さくら》を口説《くど》こうか、悩みつつエルミタージュ内をふらふらしていた蜜蜂は、軽い溜息をついた。

あまり長時間留守にしては、アルちゃん辺りに怪しまれるかもしれない。あの蜥蜴《とかげ》はとにかく勘がいいし、自分の「力」も通じないようだ。

(何せ蜥蜴だしなあ……)

夜食用にと屋台で揚《あ》げパンを買った。さっそくかぶりついてみると、なかなかに旨《うま》い。ピロシキというらしい。

楽屋の宿に戻る前に、図書館兼美術館に寄ってみることにした。

イリヤと顔を合わせたくはなかったが、図書館側に夏草《なつくさ》がいるかと思ったのだ。

(——書物。活版《かっぱん》印刷)

トランシルヴァニアの伯爵夫人とその父ジャンに、活版印刷の見本となりそうな本を選んで送ると約束してある。途中までだが自分も活字の開発に関わった。祈るような思いで待っているであろう二人のためにも、早く良い見本を見つけなければ。

図書館兼美術館の広間に着くと、蜜蜂は扉の外側から聞き耳を立てた。話し声はしないが、何やらごそごそと音がする。

（でけえネズミか？）

本を齧《かじ》られてはまずい。蜜蜂が慌てて扉を開けると、中は薄暗かった。

だが、広間の真ん中に珍妙なものがある。

大きな布の塊《かたまり》がうごめいているのだ。しかも、すすり泣くような声を発している。

（……？）

腰布からそっと短剣を抜いた。

以前は飾り物のナイフしか持っていなかったが、馬車鉄道の旅の途中、刀剣市《とうけんいち》で良い物を買ったのだ。鬼のように怖い砂鉄と三月だが、実は彼らの戦う姿はちょっとかっこいいとも憧《あこが》れていて、真似したくなってしまった。

息を殺し、「すすり泣く巨大な布お化け」に近づいた。

どうも人間のようだ。手足がちょっとだけ見え、髪の毛らしきものがプルプル震えている。

その頭の方に慎重に回った蜜蜂は、驚愕《きょうがく》に目を見開いた。

「桜⁉」

「み」

髪をグシャグシャにした桜が大きく目を見開いた。蜜蜂の姿を確認したとたん、盛大《せいだい》に泣きわめく。

「みつばちっ、あた、頭！　頭支えて！」

「何？」

「私の後頭部ささえて！　ピンが刺さる、ピンが！」

何だかよく分からないが、慌ててしゃがんだ蜜蜂は桜の後頭部に右手を差し込んだ。とたんに、ぎゃんっ、と悲鳴があがる。

「痛い痛い痛い、そこじゃなくて、もっと下の方っ！」

どうも桜は髪の毛にアホほどピンを刺されており、床に後頭部をつけてしまうとそれらが一斉に頭皮《とうひ》に食い込む、という危機に陥《おちい》っているらしい。

彼女が緊急事態であることを察知した蜜蜂は、まず右手で首の後ろを支えた。ほっせ、と内心驚いてしまう。

「おら、力抜いていいぞ」

「いいの？　ほんと？　嘘言わない？」

「うっせーな、手ェ離すぞさっさとしろ」

そろそろと首の力を抜いた桜は、しっかり支えられていることに気づいて安心したか、全身をぐったりと脱力させた。ふわあああ、と情けない声があがる。

「何やってんのお前」

「話せば長いような……短いような……殺したい人が出来てしまったような……」

「――は？　まあ、取りあえず起こすかんな、暴れんなよ」

左手を彼女の背中に添え、首との二点を支えながらゆっくりと上体を起こしてやる。

桜は安心しきっているのか、体の力を完全に抜き、蜜蜂に身を任せている。反《そ》り返った喉《のど》が白い。

つい、ドレスの開いた胸元に目が行ってしまった。

強制的に胸の谷間を作らされており、男にとってそこそこ魅力的な光景ではある。

だが、相手は桜だ。

まだまだガキだし、何よりもコレにちょっとでも手を出したら三月による強制執行が待っているかと思えば、一ミリたりとももよおせない。

よいしょ、と彼女を座らせると、何やらきしむ音がした。続いて、ぽきりと折れる音。

「あ、釣《つ》り鐘《がね》また折れたな」

「……釣り鐘？」

「正式名称しんねーけど、女のスカート支える骨組み。鯨《くじら》の髭《ひげ》とか使うんじゃなかったっけ」

「何でそんなこと知ってんの、蜜蜂」

だって脱がせたことあるもん、とは言わず、蜜蜂は肩をすくめた。リボンに絡《から》まっている椅子の脚を抜いてやる。

「商売人の常識。っていうか、ほんと何やってんのお前」

グスグス鼻を鳴らしながら桜が説明したところによると、イリヤによりモデルのバイトを持ちかけられ、ユースタスの勧めもあり引き受けた。

死ぬほどの苦痛を感じながら立ち続けていたら夜になり、イリヤと花屋の娘がお茶の用意をしに出て行き、気がつくと部屋にいたはずのユースタスや書物魚《しょもつぎょ》の姿も消えていた。

「一人で待ってたら、椅子ごと後ろにひっくり返っちゃって……起き上がろうとすればするほど締め上げられるし、途中からは髪ピンとの戦いになるし」

そこまで聞いて、蜜蜂はようやく悟《さと》った。

これはもしや、彼が用意した「好機《チャンス》」か。

桜に綺麗なドレスを着せ、たった一人、この部屋で待たせる。

美しい美術品に囲まれ、薄暗い部屋に鎮座《ちんざ》する無垢《むく》な少女。そこを蜜蜂が訪れる。――はずだった。

「ふ」

無意識のうちに笑い声が漏れていた。

「ふ、ふはっ、あはははははっ！」

彼の思惑が外れたことに気づき、蜜蜂はいつの間にか大笑いしていた。

目標《ターゲット》のはずの美少女は勝手にひっくり返って大暴れし、髪は鳥の巣、ドレスは破れて椅子に絡まり、涙で顔をグチャグチャにしている。こんな姿に欲情する男なんているものか。

彼のセッティングが失敗するのなど初めて見た。ざまあみろ、だ。

「そんなに笑わなくていいじゃない！　ほんと怖かったんだからね！」

半泣きの桜から憤《いきどお》られるが、蜜蜂の笑いは止まらなかった。ヒィヒィ言いながら涙目を指で擦《こす》り、彼女の酷い姿を二度見してはまた笑ってしまう。

桜は頬をふくらませて横を向いた。

「も、いいよ、いつまでも笑っててよ。私は今から逃げるんだから」

「ははっ……に、逃げんの？」

「もーモデルなんて無理、ドレスも台無しにしちゃったし、お腹もすいたし。靴脱いで逃げる」

そう言いながら彼女は前屈《ぜんくつ》しようとしたが、鋼鉄《こうてつ》のコルセットにはばまれた。靴に手が届かないどころか、一人では立ち上がることも出来ないだろう。

「おかしくない？　本当にこの服、服として機能してると思う？」

「まー、そういうドレスは大体、侍女《じじょ》を何人もはべらせるような女が着るんだよ」

「じゃあ蜜蜂が靴脱がせて」

「――」

一瞬、動きを止めてしまった。

意味が分かって言っているのか、こいつは？

「何か紐がいっぱいついてるし、かかとが意味不明に高いし、これじゃ逃げられない」

「……あー」

男が女の靴を脱がせるなど、性行為の前段階しかあり得ない。

だが桜の表情から察するに、そんなことはみじんも考えていないようだ。ただひたすら逃げたいと願っている。

天井を見上げた蜜蜂は、眉根を深く寄せ、しばらく考え込んだ。脳裏に三月のナイフがちらつく。

やがて心を決めた蜜蜂は、よし、とうなずいて見せた。

「いいか。ぜーってぇ、」

「三月には内緒ね。分かってる」

神妙《しんみょう》なおももちで桜が言うので、蜜蜂は思わず目を見開いた。二人目を見合わせ、プッと吹き出す。

少しだけ心が軽くなり、蜜蜂は桜の靴に手を伸ばした。革紐を緩《ゆる》めていく。

「ってか三月の兄貴の過保護、持ちネタみてえになってきてね？」

「ゆすたすちゃんともよく同じこと話してる。大丈夫かな、三月ちゃんと姪《めい》っ子《こ》ばなれできるかな？」

「恋人でも出来りゃあ、大丈夫だろ」

そんなたわいもない話をしつつ、蜜蜂はようやく桜の靴を両方とも脱がせた。無意味に刺《し》繍《しゅう》やらリボンやらついた靴を壁に向かって放り投げる。

ふうっと溜息をついた桜は立ち上がろうとしたが、今度は足が痺《しび》れて動けないと言い出した。ずっと不自然な体勢を続けていたためだろう。

「もう駄目。私はこの部屋で動けないまま死んでいくんだよ」

ずりずりと壁際まで這っていった桜は、諦めきった顔で壁にもたれかかった。またドレスの骨組みが折れる音がする。

「……ま、痺れが取れるまで待てよ」

「お腹空いた」

「食いかけでよけりゃ、これやるけど」

ピロシキを差し出すと、彼女は必死の形相でかぶりついた。大暴れして空腹だったのだろう。

蜜蜂も少しだけ距離を置き、彼女の隣に座った。深い溜息をついている横顔を盗み見る。

三月の恐怖と天秤《てんびん》にかけてでも、彼女の靴を脱がせた理由。

それは、この事態が彼により用意された舞台であるからに他ならない。

ロマンティックな演出は大失敗だが、少なくとも蜜蜂は桜と二人きりになれた。どういうわけか、常に一緒のアルちゃんまで姿を消しているのだ。

（……キスかあ……手ェつなぐとかじゃ、駄目かな）

全く気のない女にキスするぐらい、普段の蜜蜂なら平気だ。何なら寝ることだって出来る。

だが、なぜか桜に対してはそんな気が起きない。

邪眼殺《じゃがん》しの娘を籠絡《ろうらく》し、父に差し出す。それがリルリル奪還《だっかん》の唯一の方法だと、彼は言った。

そして自分はそれを信じ、三年近くもあのクセールの港街で機会をうかがっていた。

――だが。

再び隣の桜を盗み見る。彼女はうんざりした顔で、髪の毛からピンを抜いては腹立ち紛《まぎ》れに遠投《えんとう》している。

自分はこの少女を騙《だま》すことに対し、罪悪感を覚えている。

いくら目標《ターゲット》とはいえ、長旅を共にしてきた仲だ、さすがに友情らしき感情もわいてくる。世間知らずの彼女に同意も得ずいきなりキスなんて、どうしても躊躇《ちゅうちょ》してしまう。

迷っているうちに夜が更《ふ》けてきた。

月光が窓ガラスを通して差し込んでくる。そろそろ誰か戻ってくるだろうし、これ以上迷っている時間は無いのだが。

「あーっ！」

突然、桜が大声をあげた。

思わずビクッとしてしまう。

「な、何だよ」

「髪に！　まだピンが！　何本も！」

「絡まってるわけな、はいはい」

怒りで涙目になっている桜の髪に手を伸ばした。後頭部に手を差し込んでまさぐると、酷く絡まり合ったピンが何本か手に触れる。

「ナイフで髪切っちゃっていいから、早くピンとって」

「お前の髪を勝手に切ったりしたら、ほんと俺が殺されるって。その花屋の姉さんとやらが戻ってくるまで待てよ」

抱き起こして、靴を脱がせて、髪に触れて。

ここまで条件が整っているのに。

「……なあ、お前がさっき言ってた、殺したい人が出来たって誰よ」

「イリヤさん！　だって酷くない？『ちょっと着替えて立ってるだけ』って言ったくせに」

「――」

蜜蜂は下を向いた。

泣き笑いになりそうな顔を見られたくなかった。

(偶然だな。俺もあいつを殺してぇと何度思ったことか)

邪眼殺しの娘がいる島に一番近いのは、クセールという港街と聞き、アヤーズは身分をやつして移り住んだ。王宮では「あの半眼《はんがん》の王子はどこぞに留学した」ということになっていたが、誰一人、行方を気にする者はいなかった。

蜜蜂と名乗るようになり、商売の仲介《ちゅうかい》で身を立てるようになった。書学院で修《おさ》めた学問が初めて役に立った。

犬蛇《けんじゃ》の島という女囚《じょしゅう》の流刑地《るけいち》に邪眼殺しの娘はいる。そこまでは分かっていたが、それ以上の情報がなかなか得られない。流されて戻ってきた者は一人もいないからだ。

じりじりしつつ蜜蜂は待った。早く邪眼殺しを得ないと、リルリルが結婚してしまう。

彼は時々、クセールを訪れてはリルリルの近況を教えてくれた。今は花嫁修業中の身で、王妃となるための教養を身につけている。歌とダンスは上手いが語学が下手。皇太子殿下は相変わらず彼女に夢中で、日ごとに愛を囁いている。

「彼女が十五歳になったら、盛大な婚礼をあげるそうですよ」

父の寿命も迫っている。それまでに、早く。

彼の報告は、時に残酷で、時に喜ばしかった。

「彼女は愛らしい笑顔で皇太子殿下を翻弄《ほんろう》し続けていますが、本気で惚れているわけではないでしょう」

ならば、まだ間に合う。彼女を取り戻せる。

少しの希望を与えられては打ち砕かれた。それを繰り返すうちに、蜜蜂は彼がクセールに訪れるのを心待ちにするようになった。次にもたらされるのは歓喜か絶望か。いつの間にか心を握られていた。

ある日、彼が悲報を運んできた。

「あなたのお母様が亡くなりました」

夜半に城壁から飛び降りたのだそうだ。どうやってそんな場所まで登れたのかは不明で、裸足《はだし》だった。

葬儀に出席するため国に戻ろうとすると、彼が止めた。

「もう密葬《みっそう》されました。それにね、貴方《あなた》に王宮に戻る資格はありませんよ」

「え？」

「だって貴方は、お父上の種ではないのですから」

「――」

彼は淡々と語った。

母は身分の低さを恥じ、憎み、周囲の女たちを恨んでいた。何とか見返してやりたいと考え、そうだ、蒼眼《そうがん》の子を産もうと思い立つ。

「もちろん、産もうとして産めるものではありません。ですから、旧知の仲であった私が市井《しせい》からこっそり、蒼眼の赤ん坊を買ってきたのです」

王宮の闇仕事にも通じていた彼にとっても、それはかなり難しい仕事だったらしい。母は蒼眼の赤ん坊を買うために、わずかな財産を全て差し出した。

「あなたの左目の下にほくろがあるでしょう、お父上と同じ位置に。それ、私が彫《ほ》った入《い》れ墨《ずみ》ですよ」

彼は、父と同じ蒼眼、同じほくろを持つ赤ん坊を母に与えた。母は大喜びで、その赤ん坊を愛し、そのうち自《みずか》らの腹を痛めて産んだ子だと信じるようにもなった。

「ですが、大金をはたいた蒼眼の赤子がまさか半眼に育つとは思いませんでした。悪巧《わるだく》みはなかなか、上手くいかないものですね」

にこりと微笑んだ彼の顔には、邪悪さの欠片《かけら》もなかった。ただ淡々と事実を報告しているだけのようだった。

その顔を見て蜜蜂は悟った。

母に、蒼眼の赤ん坊を得ようなどと吹き込んだのはこの男だ。

愚《おろ》かで信じやすい彼女を操《あやつ》り、王位乗っ取りでも企《たくら》んでいたのだろう。

「お前が」

「私がそう仕向けたんだろう、と糾弾《きゅうだん》したいんですか？　ええ、そうです。貴方のお母様を操るのは実にたやすいことでした。なにせ」

——僕は、彼女と寝ていましたから。


それを聞いた瞬間、わずかに保たれていた蜜蜂の心は壊れた。

虚脱《きょだつ》状態となった自分の耳に、早く邪眼殺しの娘を手に入れろ、という呪いのような命令だけが残った。

蒼眼でもない、父と血のつながりも無い王子。もう、リルリルを得るのが目的なのか、ただ自分の居場所を確保したいがために邪眼殺しの娘を得ようとしているのか、よく分からなくなった。

そして今、邪眼殺しの娘はこの手の中にある。

髪ピンに憤り、何の疑いもなく蜜蜂に髪を触れさせている。

この娘を奪って王宮に逃げ戻れば、自分には英雄の王子という地位が待っている。

だが、この娘もまた、彼を殺したいのだと言う。自分にモデルという名の拷問《ごうもん》を与えたからだと。

ふと、夢想《むそう》した。

桜を捕らえるのではなく、自分と共謀《きょうぼう》させて一緒に彼を殺すのだ。そう出来たらどんなに楽しいことか。

——いや。

小さく首を振った。それではリルリルを手に入れられない。

「蜜蜂、どうしたの」

「ん？　いや」

のろのろと顔を上げた蜜蜂は桜をじっと見下ろした。ふいに尋ねられる。

「そう言えば、蜜蜂とイリヤさんって、もしかして知り合い？」

心臓が跳ねた。

きっと瞳孔《どうこう》も大きくなったことだろう。だがこの月明かりだ、大丈夫。

「何で？　今日あったばっかの奴じゃん」

「ん、んー、そっか。ならいいんだ」

「どしたんだよ」

「蜜蜂さっき、南東の塔のとこにいたでしょ」

――見られていた。

（ちっ、あのクソ野郎が。あんな目立つとこ待ち合わせに指定する奴があっかよ）

「いたぜ、風にあたってた」

「その時、イリヤさんみたいな人と話してるのが見えて」

「あ？　何か知らねー奴とは話したけど。燠火《おきび》もってる？　って聞かれて、持ってねえっつっただけ」

「そ、そっか。ならいいんだ」

桜は素直に信じてくれたようだ。意識が再び、自分の頭皮を襲う髪ピンへと戻っていくのが分かる。

まだ幼さの残るその顔に、リルリルの顔が重なった。

角度を変えた月光が、ちょうど彼女の頬を照らす。

軽く息を吐いた蜜蜂は、ピンを探る手を止めた。桜の両肩に手を置き、瞳をじっと見下ろす。

(今だ)

完璧なタイミングで顔を近づけた。——つもりだった。

きょとんとした顔でこちらを見上げていた桜が、突然、目をそらした。そして言った。


「キスキスキス」


「——は?」

思わず固まってしまう。

え? 今の何? キスを煽《あお》る号令?

動揺していると、桜はあらぬ方に向かって手を伸ばしている。

「ほーらキスキスキス。ピロシキの匂いだよ~」

んにゃ、と猫の鳴き声がした。

バッと振り向いた蜜蜂の目に飛び込んできたのは、太った猫の姿だ。匂いを嗅《か》ぎつけたか、一直線に桜に向かってくる。

猫は桜の右手をふんふん嗅いだ後、嬉しそうに舐《な》め始めた。まだピロシキの油がふんだんに残っているのだろう。

「あはは、くすぐったい。この子はなつっこいねえ、フョードルくんだったよね」

「……あ、ここの猫か」

「うん、スケッチの間は警備隊七匹とも追い出されてたのに、どこからか入ったんだね。キスキスキスって呼んだら本当に来た」

蜜蜂は桜の両肩に手をかけたまま、がくりと頭を落とした。

(何で？　あれどう見てもそういう雰囲気だったろ？　俺、ちゃんといい顔作ってたろ？)

なのに、そのタイミングを完全に無視されたあげく猫に興味を移されてしまった。

深い溜息をついた蜜蜂は桜の肩から手を離すと、ゆっくりと壁にもたれた。何だか、腹の底から笑いが湧いてくる。

もう、今晩は作戦中止だ。どう考えても良い雰囲気は作れない。

蜜蜂も猫に手を伸ばした。背中を撫でられても平気なようだ。

「うわ、マジでデブだなこいつ。ぶよぶよしてっぞ」

「フォードルくんは一番の大食らいらしいよ」

二人でそんな話をした。

もし彼に失敗をとがめられたら、猫のせいだから仕方が無い、と言おう。


積み上がった彫刻の山の上で、砂鉄は煙草に火をつけた。

伸ばされた腕、頭部だけの女、蛇《へび》に巻き付かれた男の上半身。竜の羽根。ランタンの灯《あか》りでそれらがグロテスクな影を形成し、地獄の風景に似たものを作っている。

もっとも砂鉄は、地獄なんて見たことは無いが。

「あなた本当にセンスが無いですね砂鉄さん。二人きりの密談のためとはいえ、よりによってこんな場所を選ぶなんて」

そう文句を言うのはアルベルトだ。

不本意ながらも砂鉄の肩に乗ってここまで運ばれてきたが、寒くてしょうがないのか砂鉄に手袋を脱ぐよう要求し、手のひらにピタリと腹をつけている。

「うっせえな、誰も来ねえ場所ってテメェが言ったんだろうが」

「ここ、彫刻の廃棄場《はいきば》じゃないですか。しかも地下」

ブーブー文句を言うアルベルトの上から、砂鉄は左手をかぶせた。閉じ込められてしばらくすると、ようやく大人しくなる。

話があると彼に切り出したのは、砂鉄からだった。

アルベルトは予想していたらしく、差し出された指にするりと乗ってきた。無言だった。

この場所に運ばれ、砂鉄が煙草を一本吸い終わるまで、アルベルトは黙って待っていた。そして唐突に言った。

「――彗星《すいせい》さんは」

「ああ」

「綺麗に溶けました」

「……そうか」

金星が死んだ時。

アルベルトは「全てを知りたい」という知識欲ゆえに金星に連れて行かれた。

だが砂鉄の妹の彗星は、ただ自《みずか》ら望んで金星と一緒に逝《い》ってしまった。

彼女は砂鉄を愛していた。そして身も世も無いほど苦しんでいた。

血を分けた兄を恋い慕《した》う罪。さらには、その兄が選んだ別の女。

彗星はそれに耐えられず、死を望んだ。

「僕が現世に魂だけでも戻ったので、ひょっとして、と思ったのでしょう、あなたは」

「そう甘い考えじゃねえよ。ただ、あっちの様子が聞けるかもと思ってな」

金星は死んでもなお、向こう側からメッセージを送ることが出来た。どういう理屈か、このアルベルトの魂も戻ってきた。

——ならば、彼女も。

「僕もはっきり覚えているわけではありませんが、人が『溶ける』速度には個人差があるようですね。僕は執着が凄《すご》かったのか、長い間溶け残っていましたが」

そうか、人は溶けて消えるのか。

ならば彼女の苦しみも悲しみも、綺麗さっぱり流されたか。

「あなたを慰めるつもりなど毛頭《もうとう》ありませんが、溶けていく人の魂は美しいものですよ。僕はずっと、あの流れのきらめきに見とれていました」

「分かった、もういい」

しばらく二人は黙っていた。

揺れるランタンの火。壁に躍《おど》る影の人形。立ち上る煙草の煙さえ、揺らぐような影になる。

再びアルベルトが唐突に言った。

「ユースタスのことはどうします」

「どうもしねえよ。記憶が戻んねえっつうなら、また口説《くど》くだけだ」

「ふふ、言うと思いました。絶対言うと思いました」

その口調には何だか腹が立ったが、握りつぶすのは勘弁してやった。

彗星の溶け方を教えてくれた代償だ。


運河の氷が月明かりを反射する。雪が少し積もっているので道は歩きやすい。

「あれ、もう十六夜《いざよい》か。早いなー」

夜空を見上げた三月が呑気《のんき》に言った。

右手をかざして角度を測《はか》っている。時間を計算するためだ。

「結構、遅くなっちゃったね。まだ開いてる居酒屋《スタローバヤ》、あると思う」

「さあ」

夏草はそう答えたが、どこかの店が開いていても、自分たちは運河沿いを歩き続けるだろうと思った。

——まだ、何も話をしていない。

「月ってあと何回昇って、何回沈むんだろうね」

「知らん。地球が終わるころじゃないか」

「太陽が爆発したら地球も死ぬんだっけ？　あれ？　それとも隕石《いんせき》とかで滅《ほろ》びる確率が高いん

だっけ」

「……」

夏草はぴたりと足を止めた。終末《しゅうまつ》の話。もう、逃げられない。

すると、三月も歩みを止めた。へらっと笑う。

「そんなに心配しなくて大丈夫だよー。夏草ちゃんが死んだら俺も死ぬからへーきへーき。取り残される気なんてさらさら無いし、燃えたら一発」

ああ。

そんな言葉を聞きたいんじゃないのに。

だが、この男の生《お》い立《た》ちと不安定さを思えばそれが最適解なのではないかと思えてしまう。

何か、他に、答えは――。


桜《さくら》は猫のフョードルに夢中だったが、それからすぐ、花屋の娘が戻ってきて盛大《せいだい》な悲鳴をあげた。床に糖蜜《とうみつ》菓子を落っことすと慌てて桜に駆け寄り、惨状《さんじょう》に頭を抱える。

だが彼女はすぐに燭台《しょくだい》に火を入れ直し、ドレスの救出作業へと入った。髪ピン除去も手伝ってくれる。

「着付けのバイトも長いけど、こんな有様《ありさま》になったお嬢さんは初めてよう」

「あ、あのう、弁償とかしなきゃですよね」

「さあ、どうだろう。イリヤはドレスなんて有り余ってる上に保管が面倒だし、貸し出し用に少しだけ残して処分したいって言ってたぐらいよう」

桜と蜜蜂《みつばち》は顔を見合わせた。ならばいいのだが。

そして、懸念《けねん》事項がもう一つ。

「えと、さっきまで私たちがここに二人きりだったこと、誰にも内緒にしてもらえますか」

おずおずとそう頼んでみた。ことが三月《さんがつ》に知れると面倒だからだ。

すると、花屋の娘はきょとんと目を見開いた後、ふひひ、と妙な笑い声をあげた。口元で指先を×印にしてみせる。

「分かった分かったわあ、内緒にしてあげる。全く、この子からほんの少し目を離したすきに忍び込んで来るなんて、坊ちゃんもやるねえ」

するとと蜜蜂がうんざりした顔で手を振った。

「ちげーちげー、マジでたまたま通りかかってこいつを救出してただけ」

「それに、ほんの少しの間じゃないです！　部屋に誰もいなくなって、私ずーっと一人で待ってたんですから」

こんな酷《ひど》い服を着せたあげく放置だなんてあんまりだ。憤《いきどお》りながらそう訴えると、花屋の娘は首をかしげた。

「ずーっと？　私、糖蜜菓子を買いに行っただけだし、五分もかかってないでしょ」

五分、という表現が桜にはピンとこなかったが、彼女が「ほんの少しの間」と言いたいのは分かる。

「燭台の灯りがぜんぶ落ちて、月が運河を渡っちゃうぐらいの間は一人でした！」

「えええ、そんなあ。それに、イリヤとか書物魚《しょもつぎょ》とか、あの素敵な騎士様とかどこにいたの」

「なぜか誰も戻ってこなくて」

困惑した桜は、蜜蜂の顔を見た。自分がずっと一人で大暴れしていたことは彼が証言してくれるはずだ。

蜜蜂は軽く肩をすくめた。

「ま、暗くなると時間の感覚狂うよな。お前がビビってたから長く感じただけじゃね？」

「そうかなあ」

それからは魔法が解けたように次々と、イリヤ、ユースタス、書物魚が戻ってきた。

イリヤはお湯のポットを手にしており、すぐ裏手の共同炊事場《すいじば》にいたという。

ユースタスはといえば、書物魚に頼まれて本を運んでいたそうだ。

「夏草《なつくさ》さんの読みたい本を宿まで持っていって欲しいと言われてな」

「は、はい、メモ書きにあった本を全て。僕、虚弱《きょじゃく》なんで一度にたくさんの本は運べないんで、騎士様に助力いただいて」

二人で宿まで本を運び、戻ってきた。

ならばそれなりの時間はかかるだろうが、何か違和感が。

（──あ）

時間が長いか短いかはどうでもいい。

桜の側に、砂鉄《さてつ》、三月、夏草、ユースタス、この頼れる守護者たちの誰一人いなかった。しかも、常に一緒のアルちゃんまで。

これまでの長旅でそんなことは一度も無かった。誰かが必ず、桜から目を離さず見守ってきたのだ。

桜は首をかしげた。

「書物魚さん、夏草さんのメモって?」

そう話しかけたとたん、書物魚はおどおどと目をそらした。桜から一歩後退し、またイリヤの背後に半分ほど隠れてしまう。

「えと、その、三月さんに渡されて……」

「どこで?」

「すぐっ、すぐそこの大使の回廊のとこで……彼、ここに来ませんでしたか?　来ると言っていたんですが」

「来てないです」

妙な話だった。

夏草から本を頼まれているなら、三月本人がここに来て宿に持ち帰ればいいだけの話だ。わざわざ書物魚にメモを渡し、ユースタスにも手伝わせて運ばせるなど。

ユースタスも何か違和感を覚えたようだった。口元に軽く指をあて、何事か考え込んでいる。ただの行き違いならいいのだが、桜はどうしても、アルちゃんさえここにいないことが気になった。偶然が重なりすぎているような気がする。

まあ、宿に戻って三月本人に確かめればいいだろう。

そう考えたのだが、その晩、男部屋には誰一人戻ってこなかった。蜜蜂は一人で眠ったそうだ。

「書き置きさえなく?」

ユースタスも困惑していた。あれだけ用心深い彼らが仲間との連絡を怠《おこた》るなど。

桜は無意識に、いつもアルちゃんのいる髪留めに手をやった。一晩中、いったいどこに。

図書館兼美術館の方にいるかもしれないと、桜とユースタス、蜜蜂は朝から訪問してみた。

イリヤはおらず、書物魚だけが窓辺で背を丸めてお茶を飲んでいる。彼は三人を見ると慌てて立ち上がった。

「おは、おはようございます」

「おはようございます、書物魚さん。今朝から、私たちの連れが誰かこちらを訪れましたか？」

ユースタスに尋ねられた彼は、鳥の巣頭をぶんぶん左右に振った。どもりながら答える。

「だだ、誰ももも」

彼はユースタスのことは男性と認識しているはずだが、美しい顔を前にして、やはり緊張してしまうらしい。人見知りの激しさも筋金入りだ。

その時、窓の外から荘厳《しょうごん》な鐘《かね》の音が響いてきた。窓ガラスがピリピリと細かく振動《しんどう》し、書物魚がビクッと身を震わせる。

毎朝聞いているだろうに、と桜が呆れていると、彼はもの凄《すご》い早口で説明しだした。

「あ、あれは朝八時の鐘です、えと、あそこの崩れた時計盤、ぜんまいで動いてるわけじゃなくて、人力で十五分ごとに動かしているんです、市長がケチで修理代を出さないくせに見栄っ張りだから時計は動いてるってことにしてて、でも時計盤を読めない市民も多いから鐘だけはちゃんと打っててそれはまだマシだなって――」

鐘の響きが反響を残して消えた。

とたんに図書館側の扉が開き、三月と夏草が入ってくる。

「おっはよ、桜」

大股《おおまた》に歩み寄ってきた彼に抱きしめられながら、桜は尋ねた。

「三月、昨日の夜どこ行ってたの？」

「ん？　夏草ちゃんと飲みに出るよって伝言残しといたよね？」

「伝言？」

するとと再び扉が開き、今度は肩にアルちゃんを乗せた砂鉄が入ってきた。何とも珍しい組み合わせだが、それよりもまず聞きたいことは。

「砂鉄！　昨晩はどこにいたの？」

「あ？　ぶらぶらしてくるって言っただろうが」

——言った？

誰に？

砂鉄は誰にそんなことを言った？　三月は誰に伝言を残した？

桜とユースタスは顔を見合わせた。これはおかしい。絶対におかしい。よりによって砂鉄と三月、夏草が連携ミスをおかすなんてあり得ない。

問いただそうとした瞬間、また扉が開いた。

——イリヤ。

「図書館長とそのご一行様。お客様が見えましたよ」

にこりと微笑《ほほえ》むその顔は、朝陽を浴びて爽《さわ》やかだ。

なのに何だろう、この違和感は。

昨夜《ゆうべ》も同じだった。桜はたった一人でこの部屋に取り残され、途中から蜜蜂はいたものの、誰も戻ってこなかった。

だが誰か一人が戻ってくると、魔法が解けたかのように次々と姿をあらわす。

今朝も同じだ。朝八時の鐘が鳴り終えたとたん、一晩中消えていた砂鉄と三月、夏草、アルちゃんが現れ、最後にイリヤ。

さらに、自分たちに客が来た？

イリヤの後ろから一人の男が入ってきた。

背が高くて痩《や》せており、なかなかに立派な身なりをしている。彼はマントを払いながら一礼した。

「その節《せつ》はご無礼を。ヤレドと申します」

そう言いながら上げられた顔を見て、桜は驚愕《きょうがく》した。

「あ、あなたは――」

「テメェ丸出し野郎じゃねえか！」

蜜蜂が大声をあげた。やはり驚きのあまり最大限まで目を見開いている。

ユースタスもぽかんと口を開けた。

「君は確か、裁判所に引き渡されたのでは……」

トランシルヴァニアの伯爵夫人の城へ向かう途中、かくまってもらった女子修道院に現れた露出狂《ろしゅつきょう》の男だった。

桜と修道女たちが捕獲《ほかく》し、巡回裁判所まで引きずられていったはずなのに。

露出狂ヤレドは再び慇懃《いんぎん》に礼をすると、マントを肩から外しながら言った。

「強制労働の罰五年間の予定だったのですが、伯爵夫人に身体能力を買われましてね。彼女のもとで無報酬《むほうしゅう》にて働く、という罰になったのです」

マントを外した彼は上着を脱ぎ、ハンカチで額《ひたい》の汗をぬぐった。この寒いのによほど急いで来たのか、まだ息も少しあがったままだ。

そう言えばジャンが、「女性に会わせたくない客が城に来る」と言っていた。もしや彼のことだったのか。

三月から不審そうに聞かれた。

「桜、こいつ誰?」

「え、ええと」

何と説明していいものやら迷っていると、ユースタスがこほん、と咳払《せきばら》いをした。

「砂鉄、夏草さん。まずは三月さんを左右から押さえ込んでいてくれないか」

とたんに夏草がスッと三月の左腕を拘束《こうそく》した。左脚には自分の脚をかけロックする。

すると砂鉄も無言で三月の首根っこをつかみ、右腕を絡《から》め取った。何、何なの、と呟くのを無視している。

アルちゃんは砂鉄の肩からぴょんと飛び降り、桜へと移動した。安全確保は終了だ。

そこで再び咳払いしたユースタスが、かくかくしかじか、とヤレドの正体を説明すると、案の定、三月は激怒した。

「はあああああ⁉　桜にきったないモン見せつけたクソ野郎⁉」

先に拘束させておいてよかった。この露出狂の命だけでなく、あまたの美術品が破壊しつくされるところだった。彼の怒号《どごう》で猫たちが逃げていく。

ヤレドは若干怯《じゃっかんおび》えた顔で三月を見ていたが、やがてシャツのボタンを外しながら言った。

「本当にその節は申し訳ありません、ですが今は伯爵夫人の使者として馳《は》せ参じました。私、めちゃめちゃ身が軽い上に体重も軽いんで、馬をすっ飛ばせば超特急になるんです」

と、ベルトに手をかけたあたりで彼はハッと息を飲んだ。外したボタンを慌てて留め始める。

「ああ、つい癖が。伯爵夫人にあれほどしつけて頂いたというのに」

桜と蜜蜂はそろって遠い目になり天井を見上げた。ユースタスが額に手を当て、深い溜息をつく。

彼女は気を取り直したように言った。

「では伯爵夫人の使者どの。あなたが我々を急ぎ訪れて下さった理由は？」

「――こちらを」

ヤレドは腰をかがめ、書状筒《しょじょうづつ》をユースタスに差し出した。伯爵夫人の封蠟印《ふうろういん》が押してある。

素早く書状を取り出したユースタスはさっと目を通し、真顔になった。

「諸君、大至急案件だ。露出どころの騒ぎではない」

拘束を解こうともがいていた三月もさすがに動きを止めた。砂鉄、夏草と共に書状をのぞき込み、一様に無表情となる。

最後に桜と蜜蜂、アルちゃんに書状が回ってきた。

『蒼眼《そうがん》の葬送隊《そうそうたい》、そちらへ向かう』

葬送隊は、蒼眼を殺した人間を処刑するための部隊らしい。六人一組でやってきて、何があろうと犯人を見つけ出して惨殺《ざんさつ》する。

伯爵夫人の城で砂鉄が蒼眼を一人殺したので、いずれ追われることになるだろうと危惧《きぐ》していたが、とうとう居場所を嗅《か》ぎつけられたようだ。

「使者どの、我々に残された時間は？」

「約三日かと。彼らは鉄道馬車でこちらに向かっています」

――三日。

短い。だが、それだけあれば逃げられる。

桜がそう計算した瞬間だった。

階下から凄《すさ》まじい悲鳴が聞こえてきた。

女。次に男。また女、女、男、悲鳴、絶叫、怒号が響いてくる。続いて何かが倒れる轟音《ごうおん》、ガラスの割れる音。

何が。

そう思った瞬間、桜は三月から抱きかかえられていた。夏草が窓を割り窓枠《まどわく》に布をかける。砂鉄とユースタスが外へ飛び出していく。アルちゃんが桜の懐《ふところ》に潜《もぐ》り込む。

視界の中でそれらはゆっくりと動いたが、実際は瞬《まばた》き一つするかの間に、ほぼ同時に起こっていた。

窓の外に火の手が上がる。

退路遮断《しゃだん》と叫ぶ夏草の声。桜の耳元で三月の舌打ち。

「書物魚、本を守れ!」

そう叫んだ三月は桜を抱えたまま大使の階段広間に飛び出した。すでに煙が充満しつつある。

階下には、死体に囲まれた蒼眼がいた。

六人。

血みどろになった大理石の床に、あるいは立ち、あるいは四つん這《ば》いにさせた女に腰掛け、あるいは死体に足をかけて悠然《ゆうぜん》と靴紐を結び直しながら。誰もが無表情だ。

あまりに凄惨《せいさん》な光景に、桜はただ硬直することしか出来なかった。

あの、血の量。いったい何人殺したのだ。ただエルミタージュにいたというだけの、罪も無い人々を。三日の余裕があるはずだったのに、なぜもうここに。

ああ、そうか。使者のヤレドもまた蒼眼の力にやられていたのだ。彼が思った「三日の猶予」それ自体が惑わされた言葉だった。実際は、蒼眼たちはヤレドと同じ速度でエルミタージュに向かっていた。

桜は三月の胸にしがみついてガタガタと震え始めた。私たちがここにいたから、たくさんの人が殺された。

しかも、生き残った人間たちはみな一様に虚《うつ》ろな表情となり、こちらを見上げている。蒼眼に操られあの花屋の娘まで敵意を向けていた。

「夏草ちゃん、分かってると思うけど」

「ああ、あいつらの目は見ない」

そうか、夏草は蒼眼と対峙《たいじ》するのが初めてなのだ。

船の上で見た光景がどうしても蘇《よみがえ》ってしまう。砂鉄と三月の二人がかりで蒼眼一人をようやく倒せた。砂鉄が蒼眼を殺した時もユースタスの補助があってのことだったらしい。

ふいに、桜の目の前に金色の目が迫《せま》ってきた。

アルちゃん。

「あなたが戦うのですよ、桜さん」

――私が。

「我々の中であなたが最も重要な戦力です。震えている時間はありません」

そうだ。

蒼眼を無効化できる力を持つのは私だけ。だから三月は真っ先に私を確保したし、夏草は退路を作ろうとした。

浅い呼吸を繰り返す。状況判断。急げ。

あの時、砂鉄とユースタスが飛び出していったのは、ユースタスには蒼眼が効かないからだ。彼女が現状確認の役割を担《にな》い、砂鉄はその保護。

長い息を吐き、また吸って、吐いた。考えろ。いま、私が何をすべきか。

胸元から提《さ》げている、ママの矢尻《やじり》を握りしめた。

母がくれた力。

これを今、活《い》かせないでどうする。

桜は大きく首を振ると、三月の胸を押し返した。

「お、下ろして」

「桜」

「矢をつがえる」

「──うん」

抱き下ろされた桜の膝は震えていた。無意識に背中の矢筒《やづつ》に手を伸ばしたが、なぜか上手く矢が抜けない。

三月と夏草は階段の手すりを乗り越え、階下へ飛び降りていった。砂鉄と三人並び、血だまりの中で蒼眼たちと対峙《たいじ》する。ユースタスは数歩下がり、桜がいる階段を守るよう立っている。

ふと気がつくと、隣に蒼白な蜜蜂がいた。ナイフを固く握りしめているが、その顔は恐怖で引きつっている。

桜は無理矢理に笑顔を作ろうとした。

「み、蜜蜂も、蒼眼の目を見ちゃだめだよ」

自分の声が情けなく震えている。

彼も、はは、と引きつった笑顔を返す。

「な、何か、今までで一番やべーって感じだな」

「ねー」

「んー」

彼と短い会話を交わすうちに、桜は少しだけ落ち着いてきた。

通訳として連れてきてしまった少年。こんな物騒《ぶっそう》な目に遭うなんて想像もしていなかっただろうに。

ふいに、桜の胸に夏草の言葉が蘇った。

——お前は、人を殺せるか。

桜の父・錆丸を夏草が訓練した時は、自分の身を守ることだけを教えたそうだ。錆丸が強くなりたかったのは金星に会う旅を続けるため、それだけだった。

だから夏草は、錆丸に人を殺させなかった。彼には無理だとも分かっていた。

だが桜は、自身が狙われる「邪眼殺しの娘」だ。父が生きていた時代よりはるかに物騒なこの世界で、「殺したくない」などと甘えたことは言っていられないのかもしれない。

——だが。

島の暮らしで、病でもう助からない女の命を絶ったことは何度かある。その時でさえ酷《ひど》く辛く、自《みず》らの心臓を貫《つらぬ》かれているかのようだった。

軽く首を振った。

今は答えは出ない。取りあえずは蒼眼を無効化する、それに専念する。

階下では凄《すさ》まじい戦いが繰り広げられていたが、劣勢《れっせい》は明らかだった。蒼眼のうちで直接戦っているのは二人だけなのだが、それで砂鉄、三月、夏草をじりじりと追い詰めている。残り四人は平然と死体の山を足蹴《あしげ》にしたまま、誰がジルを殺した犯人なのか見定めようとしているようだ。

そして蒼眼に操《あやつ》られたエルミタージュの住人たちも引っ切りなしに襲ってくる。

ふいにユースタスが大理石の欄干《らんかん》に飛び乗った。

彼女の指先から銀魚《ぎんぎょ》が走り出し、エルミタージュの住人たちを次々と突き抜けていく。

とたんに彼らは正気に返り、戸惑ったように辺りを見回した。血まみれの大広間を見て悲鳴をあげたり、声もなくへたり込んだりしている。

(──ユースタスの銀魚が蒼眼の魔力を無効化した!)

彼女は罪も無い人々を傷つけたくないので銀魚を放ったのだろう。

だが、これで蒼眼の興味がユースタスに移ってしまった。

見物していた蒼眼のうち一人がゆらりと立ち上がった。砂鉄がユースタスの前に立ちはだかる。

桜は蜜蜂を振り返った。

「矢を射る! お願い蜜蜂、私を掩護《えんご》して!」

「わ、分かった!」

欄干の隙間からユースタスを狙う蒼眼に矢を放った。当たらない。

次々と矢をつがえては放つ。全て避けられるか、無造作に剣でたたき落とされる。

どうすべきか。船で一度やったように、矢を持って自ら飛びかかっていくか。

エルミタージュに火が回り始めた。図書館兼美術館に後退すると、書物魚が必死の形相《ぎょうそう》で本を閉架《へいか》保管庫に運び込んでいる。

「ここだけは防火施設なんです！」

すると蜜蜂が無言で彼に駆け寄り、本を閉架保管庫に放り込む手伝いを始めた。煙に咳《せ》き込みながら、手足に火傷《やけど》を負いながら。

ああ、彼は本を、活版印刷のもとを守ろうとしているのだ。

すでに数々の油絵は燃え上がり始めていた。炎が壁紙を舐めるように広がっていく。

――燃える？

そこで桜はようやく思い出した。

砂鉄と三月の体。

桜は咳き込みながらも共同炊事場《すいじば》へ走った。万が一にも二人が燃えた時のために、水を確保しなければ。

水瓶《みずがめ》に駆け寄った桜は、アルちゃんを水に突っ込んでから懐に戻した。自分も水をかぶってから、水瓶を背にかばうよう立つ。

この水だけは何としても守らなければならない。割られてしまっては砂鉄と三月が。

その瞬間、轟音がして床にヒビが入った。階下の柱が崩れ落ちたのだ。

「あ」

水瓶が。滑《すべ》り落ちていく。

反射的にそちらへ手を伸ばした瞬間、桜の視界に燃える何かが映った。

階段を昇ってくる、燃えている、何か。

あれは。

「三月！」

悲鳴など出なかった。無意識に駆け寄ろうとした桜の腕が引き戻される。

「俺が行く」

夏草が燃える三月へ向かっていく。

あれを。あれほど燃え上がっているものを一体。

三月の腕を引く夏草の顔が苦痛で歪《ゆが》んでいる。彼の皮膚もまた焼かれている。

呆然とその姿を見つめる桜の前に、誰かが立った。


イリヤ。


彼の瞳は青かった。さっきまでと色が違う。

「初めて見るでしょう、これ、半眼《はんがん》って言うんです」

彼はゆっくり瞬《まばた》きをした。再び瞼《まぶた》を開けると、瞳の色は紫に戻っている。

「ある意味便利なんですよ、出し入れ自由の蒼眼。本物の蒼眼みたいに強制的に人を操る力なんてありませんが、ちょっとした催眠術をかけるぐらいなら出来るんです」

催眠術？　そんなの今はどうでもいい、三月が。

よろよろ駆け出そうとした桜の前に、再びイリヤが立ちはだかった。

「話を聞いて下さいよ、お嬢さん。この目でね、僕は周囲を欺《あざむ》きながら生きてきました。とてもとても楽しかったです。つい最近だって、四日ほど前に来たばかりの美術館の館長になったんですよ、二年前からいることにして」

彼を押しのけて進もうとした。煙で涙が溢れてくる。

「なぜそんなことをしたかと言うと、お嬢さんが欲しかったからです。本当は美術品なんてちっとも興味ありません、全部燃えても僕は全然構わない」

笑顔。駄目だ、どうしてもこの男が先に進ませてくれない。早く三月を助けなければいけないのに。

「お嬢さんが欲しくてね、とある下僕《げぼく》に捕獲を頼んだんですが、これがまた使えない奴でね。仕方がないから、自分でやろうかなと思って」

イリヤの手が桜の首に伸びてきた。腕もつかまれる。

渦巻《うずま》く炎の轟音で、彼が何を言ったか聞こえなかった。だが、口の形で分かる。

——邪眼《じゃがん》殺しの娘、つかまえた。

魔女の花《はな》婿《むこ》

「私の花婿《はなむこ》になって欲しい」

彼女は伊織《いおり》にそう言った。

銃を突きつけながら、微《かす》かに震える声で。

「この町はね、十七世紀に魔女裁判でたくさんの女が処刑されたの。私も今から首を吊るけれど、一人じゃ寂しいから、あなたをあの世での花婿にしたい」

「……いやいや、そりゃ花婿じゃなくて無理心中って呼ぶんじゃねえのかい、嬢ちゃん」

伊織は手錠《てじょう》をかけられた両手を軽く上げて見せた。この体に銃弾《じゅうだん》は効かないが、撃たれれば痛いものは痛い。彼女を刺激しない方がいいだろう。

二百年前までアメリカと呼ばれていたこの国は今、州ごとに分かれて戦争をしている。先鋭化された「自由」が暴力となり、果てしない殺し合いが続いているのだ。世界中どこも似たような状況だが、市民レベルにまで武器が行き渡っていたこの大陸では戦いの次元が違った。

「あなた、綺麗な顔ね。その服も素敵、外国から来たの?」

「あー、こりゃ紬《つむぎ》っつって、まあ風通しはいいのよ」

伊織が襟元《えりもと》を正そうとした瞬間、彼女は銃を構え直した。

「動かないで！」

「あいサ」

軽く溜息をつき、再び両の手のひらを彼女に見せる。着物に穴を空けられたくない。

錆丸《さびまる》とユースタス、夏草《なつくさ》が眠りについて二百年、自分は砂鉄《さてつ》、三月《さんがつ》とともに世界を放浪している。物資の補給のために渡ったこの大陸は予想以上に荒れており、壊滅寸前にまで陥《おちい》った都市も多かった。

ここセイラムもその一つだ。まだ生き残っている図書館があるらしいと聞き、三月の希望で訪れた北方の田舎町だが、住民はかなり昔に死に絶えたようだった。風雨にさらされた家々は緑に覆《おお》われ、野生のリスやウサギ、そして動物園から逃げて繁殖したらしい様々な動物が闊歩《かっぽ》している。

三人で手分けしてめぼしい物資を探すことになったが、元は博物館だったらしい建物に伊織が一人で足を踏み入れた瞬間、小柄な女性から銃を突きつけられ手錠をかけられてしまった。

（この町で唯一の生き残りってとこかい……か細い体でよくもまあ）

ヒビの入った展示パネルには「魔女博物館」との文字がかろうじて読める。彼女が着ている古風なドレスは、蠟人形《ろうにんぎょう》から剝《は》いだものらしい。廃墟となった建物の中で、わざわざ髪を巻き、リボンを飾っているのが奇妙にアンバランスだ。

銃を握りしめる彼女の手は細かく震えていた。乾ききった唇は噛みしめられている。

取りあえずは説得を試《こころ》みることにした。

「嬢ちゃん、首を吊るつもりかい」

「そうよ。この町では何人もの女が魔女として吊られたの。こんな町で、こんな時代で生き残っちゃった私もきっと魔女だから、自主的に首に縄をかける」

「でも首吊りの死体はみっともねえよ。嬢ちゃんみたいな別嬪《べっぴん》にプロポーズされんのは嬉しいけど、もちっと見栄《みば》えの良い死に方選ぼうや」

うっすら微笑《ほほえ》みながら言うと、彼女は何度か瞬《まばた》きをした。髪のリボンに手を伸ばして整える。

「……見栄えの良い死に方って？」

その時、入り口の方から物音がした。

振り返ると、砂鉄と三月が散乱したガラスを踏みしめて博物館の中に入ってくるところだった。彼女が慌てて二人に銃を向ける。

「うお、何やってんの伊織」

本を何冊も抱えた三月が目を見開いた。この死にゆく町の図書館はまだ無事だったらしく、劣化《れっか》しない中性紙の本を選んできたようだ。

伊織はホールドアップしたまま答えた。

「この嬢ちゃんが、俺と無理心中したいってご希望でね」

「まーた女がらみのトラブルか、いい加減にしろよ伊織」

呆れかえった顔の砂鉄に言われたが、今回ばかりは女性に声をかける前に銃を突きつけられたのだ。これまで度々厄介《たびたびやっかい》ごとを引き起こしてきた自覚はあるが、不可抗力《ふかこうりょく》だと主張したい。

彼女は怯《おび》えきった表情で、伊織と砂鉄、三月の間で銃口《じゅうこう》をさまよわせた。カタカタと歯が鳴っている。

伊織は満面の笑みで彼女に言った。

「嬢ちゃん、花婿候補があと二人きたけど、どうよ？　俺にゃあ及ばねえがどっちも色男だろ」

「えっ、マジ」

「巻き込むな、アホ！」

三月と砂鉄の声には耳を貸さず、伊織は続けた。

「あの世への道連れが欲しいんだろ？　どれでも好きなの選んでいいぜ」

冗談めかして言ったが、彼女は本当に迷い始めたようだった。伊織と砂鉄、三月をちらちらと見比べ、指先でくるくると髪を巻いてはほどいている。

「……どうしよう、瞳の色を見てから決めようかな」

「じゃあ、頭を吹っ飛ばすのは勘弁《かんべん》してくれよ。顔が潰《つぶ》れちゃ意味ねえだろ」

「そ、そうね。心臓を撃つのが一番かしら？」

「その口径《こうけい》なら、きっちり胸に押し当てて肋骨《ろっこつ》避けてからだな。さて、三人のうち誰がいい？」

彼女は頬に手のひらをあて、可愛らしく首をかしげた。

「みんなかっこいい。どうしよう、決められない」

「じゃあ、銃に選んでもらうかね」

伊織は展示スペースで蜘蛛《くも》の巣だらけになっていた丸テーブルを引っ張ってきた。おあつらえむきにちょうど三脚《きゃく》だけ椅子も生き残っている。そのうちの一つに手錠をかけられたまま座り、伊織は砂鉄と三月を手招きした。

「ほらほら、お前らも座った」

三月は軽く肩をすくめ、砂鉄は無言で「何やってんだアホ」の威圧《いあつ》を加えたが、案外と素直にテーブルについた。伊織が何をするのか見守ってくれるらしい。

伊織は彼女に言った。

「嬢ちゃん、そのリボルバーに一発だけ弾《たま》を残しな」

すると彼女は戸惑った表情で、シリンダーから六発の弾全てを抜いた。弾丸を一つだけ再装《さいそう》塡《てん》するもたもたした手つきで、銃の扱いに慣れていないことが分かる。

「……で？」

「じゃあまず、俺の心臓を撃ってみな。花婿選びのロシアンルーレットだ」

伊織がそう言うと三月は苦笑いし、砂鉄はうんざりした表情で天井に向かって煙を噴き上げた。いい加減にしろ、との声が聞こえてきそうだ。

彼女はしばらく黙り込んでいたが、銃を構えたままそろそろとテーブルに近づいてきた。両手を上げた伊織の目を見て、かすかに首をかしげる。

「本当にいいの？」

「構わねえぜ、別嬪さん」

か細い手がそっと伊織の胸に添えられた。着物の上から肋骨を探り、心臓の位置を確かめている。

「窓の方を……光の方を見て」

素直に従うと、彼女は間近で伊織の目をのぞき込んだ。銃を奪って取り押さえることは簡単だが、乱暴なことはしたくない。

「瞳は黒いかと思ったけど、焦《こ》げ茶色なのね。……あと、長い髪、綺麗」

そう呟いた彼女は大きく息を吸うと、伊織の左胸に銃口を押し当てた。しばらく迷った後、決心したように固く目を閉じ、思い切って引き金を引く。

——カチリ。外れた。

彼女はホッとした顔で肩を落とし、小さく息を吐いた。呼吸を止めていたようだ。ゆっくりと三月に顔を向ける。

「……じゃあ、赤毛のあなた」

「うーん、凄《すご》いとばっちり感。まあ取りあえずよろしくね、レディ」

パチリとウィンクされ、彼女はかすかに頬を染めた。三月にも光の方を見るよう指示し、瞳の色を確かめている。

「灰色……銀色？　もっと光が当たれば水銀みたいねきっと」

「あんま強い日差しとか苦手なんだけどねー、俺」

軽い口調で言う三月の左胸にも銃が押し当てられた。何度も深呼吸した後、意を決して引き金を引く。

また外れた。三月がやんわりと微笑む。

「花婿になり損《そこ》ねちゃった。ま、二周目回ってくる可能性もあるか」

彼女は安心したのか残念なのかよく分からない表情で彼を見返していたが、大きく息をつくと砂鉄を見た。

「あの……」

伊織や三月に銃を向けた時と違い、砂鉄に対しては少々怯えているようだ。ことさらに用心深く、そうっと近づいていく。

「瞳を……」

おずおずと言った彼女を砂鉄はじろりと見たが、忌々《いまいま》しそうに軽く舌打ちしただけで、窓へと目をやった。おっかなびっくり、彼女がのぞき込む。

「黒い。どうして目が一つなの」

「事故」

それ以上会話をしてくれなさそうな砂鉄を彼女は困惑して見つめていたが、やがて彼の左胸にも銃を当てた。かなり緊張している様子で、歯を食いしばりながら引き金を引く。また外れた。

とたんに気が抜けたのか、彼女はへなへなと床に座り込んだ。青ざめた顔で、手の中の銃をじっと見つめる。

砂鉄が煙草の煙と共に言った。

「人を殺そうってんなら、お前も命賭けろよ、女」

「……え？」

「あと三回。一発だけ弾が残ってる。死にてえってんなら自分で心臓を撃て。出来ねえっつうなら、俺がきっちり殺してやる」

冷静な声で言われ、彼女はぶるぶると震えだした。砂鉄と伊織、三月を見回し、動揺した顔で銃をきつく握りしめる。

「でも、私が先に死んだらあなたたち逃げるでしょう。私は花婿が欲しいの。あの世でもいいから結婚したいの。――結婚がしたいの！」

突然、癇癪《かんしゃく》を起こして叫んだ彼女に、伊織は尋ねた。

「どうしてそんなに花婿が欲しいのサ。ただの道連れじゃ駄目なのかい」

「幸せな結婚がしたい。父さんも、弟も、私の最愛の婚約者も、みんなみんな戦争に行っちゃった。父さんと弟は徴兵《ちょうへい》されたけど、婚約者は志願兵よ。若人《わこうど》よ州のために戦おうってビラに踊らされて」

彼女は両手で顔を覆った。

「父さんと弟が戦死して、母さんは川に飛び込んだ。婚約者も特攻して馬鹿みたいな死に方したそうだから、私は幸せな結婚をして見返すの！」

大粒の涙が彼女の頬に流れた。顎《あご》を伝った涙が古風なドレスにポタポタと染み込んでいく。

「セイラムの町の人はみんな死んだ。魔女だって一人だけで缶詰むさぼって生きていくのは嫌。結婚して死にたい」

伊織は椅子から立ち上がり、彼女の前に膝をついた。涙に濡れた頬にそっと手を添える。

「大丈夫、嬢ちゃんが死んでも俺が後を追ってやるよ」

「……ほんと？」

「ああ。出会ったのも何かの縁さ、あの世で新婚旅行と洒落込《しゃれこ》もうぜ」

痩《や》せ細った肩に両手を置き、彼女の唇にそっと口づけすると、涙に濡れた目が何度も瞬きした。至近距離で伊織の目を見上げる。

「嘘言わない？　本当に結婚してくれる？」

「ああ」

彼女はうっすら微笑むと、自《みずか》らの心臓に銃を押し当てた。

銃声が鳴り響き、レースとリボンに彩《いろど》られた体はゆっくりと後ろに倒れ込んだ。

アスファルトの裂け目からヤナギの木が生《は》えている。崩れ落ちた煉瓦《れんが》の教会は蔦《つた》に覆われ、時々、遠くで破裂音がしている。ガスや水道のパイプを保全する人間もいなくなり、あちこちで割れているのだ。

伊織は気絶した彼女を背負って歩いていた。ひどく軽い。

「彼女、寒いんじゃないの。これかける?」

補給した物資のリュックから三月がマントを取り出した。彼女に羽織《はお》らせ、伊織の首の前で留めてくれる。

「ったく、茶番に付き合わせられて何事かと思ったぜ」

砂鉄に言われ、伊織は苦笑した。

「俺ぁ、この年頃の嬢ちゃんに弱いのよ」

「範囲広いな。それだけは感心する」

砂鉄の真顔に、伊織は再び笑ってしまった。

ロシアンルーレット四発目で発射された弾は空包《くうほう》だった。あの拳銃は博物館に展示されていたもので、空包も展示品だ。

「彼女、何歳ぐらいだろ」

三月の問いに、伊織は背中の彼女を揺すり上げてから答えた。

「七十はとっくに過ぎてんだろうな。八十に近いかも」

伊織は総白髪《そうしらが》のこの老女をボストンまで運ぶつもりだ。あの街も荒れてはいるが、まだ公共施設のいくつかは機能しているし、戦争孤児を世話する教会などもあった。信頼できそうな人物を探して彼女を預けることにしよう。たった一人、廃墟の町で生きるよりマシだろう。

三月はセイラムの図書館で集めた本のうち、一冊を広げた。歩きながら読み上げる。

「……セイラムで一六九二年から始まった一連の魔女裁判で何人もの罪無き女性が魔女と弾劾《だんがい》され、処刑された。集団ヒステリーとも、麦角《ばっかく》中毒症による集団幻覚とも言われる」

「嬢ちゃん、一人だけ生き残っちまって、婚約者が死んだ頃の年齢に頭が戻っちまったらしい。自分は魔女だ、って思い込まなきゃ精神が耐えられなかったんだろうよ」

「一回『死んだ』から正気に戻るかな?」

「さてねえ。このままの方が嬢ちゃんにとって幸せかもしれねえが」

「目が覚めてまた死にたがったらどうする。お前、結婚の約束しちまっただろ」

「約束は守るさ。でも俺は、あと五百年は生きて桜《さくら》を迎えに行かなきゃいけねえから、その後ならあの世で一緒になっても構わねえよ」

戯《ざ》れ言《ごと》に聞こえるだろうが、本気だった。

ゆっくりと死んでいく町で、たった一人生き残った彼女の孤独があまりに哀れだった。出会ったばかりだが、背中に感じるかすかな体温を守ってやりたいと思うのは本当だ。

「……俺はサ、自分の母親の死体を始末したことがあんのよ。ロクでもねえ死に方するとは思ってたが、さすがにこたえたな。普通の親子みたいに、錆丸と三人で仲良く暮らせなかったのかって」

ポツリとそう言うと、三月と砂鉄が無言で伊織の顔を見た。そのまま続ける。

「だから、この世代の嬢ちゃんにゃあどうも弱くてな。彼女も結婚して母親になって婆ちゃんになって、って未来があったかもしんねえのによ」

ふいに、伊織は立ち止まった。

今、背中が少しだけ軽くなった気がした。

マントの留め金を外し、彼女を背から下ろす。穏やかな顔。眠っているみたいだ。

「逝《い》ったか」

砂鉄に聞かれ、伊織は黙ってうなずいた。綺麗な死に顔だね、と三月が言う。

彼女の髪のほつれを直し、リボンも巻き直した。どこかで化粧道具を買って、綺麗にしてやろう。

「結婚の約束までしたってのに、名前も聞けなかったなあ、嬢ちゃん」

あとがき

嬉野君

こんにちは、嬉野《うれしの》君《きみ》です。
「竜血《りゅうけつ》の娘」も三巻かー、早いものです。「金星特急」の三巻あたりは錆丸《さびまる》が月氏《げっし》の幕営地《ばくえいち》で酷《ひど》い目に遭《あ》ってましたが、桜《さくら》もドレスによる拷問《ごうもん》を受けるはめになりましたね。昔の貴婦人たちがしょっちゅう気絶してたのって、コルセットに締め上げられて呼吸もままならなかったからだそうですね。

私はコルセットつけたことないけど、着物を着た時に色とりどりの紐《ひも》にめっちゃ腹の辺り縛《しば》られ、脱いだら腹肉にアステカの古代文明文字みたいな紋様《もんよう》が刻まれてました。妹に見せながら「オレオ」って言ったら呼吸困難になるほど笑われた想い出が。

ところで今回、二巻にて編集さんからも読者さんからも「この変態、ストーリーに何の関係が?」「出す必要ある?」と困惑された露出狂が名前を得て再登場してますが、最初からこのつもりで書いてたから! この時代は電話も無線も無いから優秀な使者必要だなと思って!

さて二巻の後書きで募集した質問コーナー、今回もいっきまーす。

○ユースタスの大食らいは銀魚《ぎんぎょ》を宿すことでカロリー消費してるから? ↓ 「金星特急」六

巻にユースタス十四歳時の書き下ろしがあるのですが、金星から銀魚をもらう前から滅茶苦茶《めちゃくちゃ》食べてました。成長期だから、とかそういう問題じゃないレベルです。

○金星シリーズを書くにあたって参考にした資料や作品はありますか？　↓　資料は自分の旅日記・写真、あとはひたすら国会図書館で現地在住者のルポ漁《あさ》ったり、ネットの旅動画なんかも参考にします。影響を受けたのは中野美代子《なかのみよこ》先生のアジアを舞台にした作品群です。

そして今回も素晴らしいイラストを下さった高山《たかやま》しのぶ先生に最大級の感謝を捧《ささ》げます。イリヤは特に指定などせず、小説の描写だけでキャラデザして頂いたのですが、いやーこの美しき悪魔感。絶対いい匂いするでしょ（でも蜜蜂《みつばち》はその匂いでフレーメン現象をおこす）。

ちなみに二話のラストでユースタスが砂鉄《さてつ》の記憶を失ってると判明した時、高山先生の感想が「もう一回口説《くど》くドン！」だったので大笑いしてしまいました。砂鉄、行動読まれてる！　三巻にて無事に砂鉄のもう一回口説くドン書けたので、ようやくこのネタを私も後書きに出来ました。

最後に、いつも応援して下さる読者様、本当にありがとうございます。小説書くって孤独な作業なので、わざわざハガキ送って下さったりネット越しに励《はげ》まして頂けると、飛び上がって喜びます。金星シリーズを書き始めてもう十三年目になるのですが、皆様のおかげです。これからもお付き合い頂けるよう、頑張りますね。次巻でもお会いできますように！

嬉野君

【初出一覧】
大地を跳べよ鉄の馬：小説Wings '21年春号（No.111）掲載のものに加筆修正
百合と薔薇の少女：小説Wings '21年秋号（No.113）掲載のものに加筆修正
魔女の花婿：書き下ろし

この本を読んでのご意見、ご感想などをお寄せください。
嬉野 君先生・高山しのぶ先生へのはげましのおたよりもお待ちしております。
〒113-0024　東京都文京区西片2-19-18　新書館
［ご意見・ご感想］ 小説Wings編集部「続・金星特急　竜血の娘③」係
［はげましのおたより］ 小説Wings編集部気付○○先生

続・金星特急　竜血の娘③

著者：**嬉野 君**
©Kimi URESHINO
初版発行：2022年3月25日発行

発行所：株式会社 新書館
［編集］〒113-0024　東京都文京区西片2-19-18　電話 03-3811-2631
［営業］〒174-0043　東京都板橋区坂下1-22-14　電話 03-5970-3840
［URL］https://www.shinshokan.co.jp/

印刷・製本：加藤文明社

無断転載・複製・アップロード・上映・上演・放送・商品化を禁じます。
定価はカバーに表示してあります。乱丁・落丁本は購入書店名を明記の上、小社営業部宛にお送りください。送料小社負担にて、お取替えいたします。ただし、古書店で購入したものについてはお取替えに応じかねます。
ISBN978-4-403-54237-4　Printed in Japan
この作品はフィクションです。実在の人物・団体・事件などとはいっさい関係ありません。